인생공부와 학교 공부는 다르다고, 성적도 좋고 성실하지만 사회생활에서의 눈치는 살짝 없는 허당 성격. 수석으로 입사한 실력을 인정받아 곧바로 이마리를 만나자 바로 노동자들에게 소외를 당한다.

그리고 대공장 입사만 하면 나을 줄 알았던 불면증은 나아질 기미가 없고 오히려 점차 심해지는데..

이마리   : 공장장의 딸, '합리적 인간'. 일명 노동자들의 여신.

사실상 그녀의 존재를 노동자들이 알아도 그녀를 가까이서 직접 본 사람은 아무도 없다. 그저 노동자들의 전설로 회자되며, 선망이 되는 존재.

세상 그 무엇보다 아름답고 우아한 여자이며, 그녀는 마치 순백처럼 보인다.

수석으로 입사한 나일만에게 낙오자들을 찾아내면 승진을 시켜 주겠다고 약속해주는 인물. 또한 나일만에게 하얀 타임은 공장에서 노동자들을 위한 축복이라고 말해주며 공장 내 질서 유지의 중요성을 가르쳐준다.

합리적인 인간인 만큼 생산적인 것을 중요시한다. 그녀는 노력하는 것보다 잘하는 것을 중요하게 생각한다. 화를 절대로 내지 않으며, 그녀의 모든 행동은 천천히 이루어지며, 몸짓이 매우 우아하다. 그녀의 목소리는 마치 사람을 빨려들어가게 하는 전설의 세이렌과 유사하다.

김철수   : 올해 기준 35세, '비합리적인 인간'. 노동자, 나일만의 공장 기숙사 룸메이트.

그는 공장의 유일한 쉬는 시간인 "하얀 타임"에 종종 유흥을 즐긴다. 일도 하는 둥 마는 둥 유흥에 흠뻑 빠진 그가 공장을 계속 다닐 수 있는 이유를 다수의 노동자들이 궁금해 한다. 대마초, 업소출입 등 유흥을 가리지 않고 즐기는 그에게 따라다니는 수많은 소문 중에는 그가 공장에 빽을 잘 잡았다는 소문도 있다. 그는 하얀 타임에 자신이 나갈 때 나일만이 사실 잠에 들지 않았다는 것과, 항상 자신이 어디로 가는지 신경 쓰고 있다는 사실을 알고 있다.

공장 반장 17호 : 이마리의 명을 수행하는 인물. 차갑고, 얼음 같으며 무섭고 때론 섬뜩하다. 그는 마치 감정이 없는 인물처럼 보인다. 비생산적인 것을 싫어하며 비생산적인 경우 폭언, 욕설을 마다하지 않는다. 나일만을 좋아하지 않는다.

안대지 : 붙임성이 좋은 '비합리적인 인간', 노동자. 32세.
형민과 하청업체에서 십년간 동고동락하며 지내왔고 형민과 동시에 진급에 성공했다. 그러나 자신이 어떻게 진급에 성공해 대공장의 하청업체에서 대공장으로 소속이 바뀌었는지는 전혀 내막을 모르고 있다. 특별히 형민이 애지중지하는 인물. 그러나 형민과 우스갯소리만 나눌 뿐 형민의 깊은 얘기는 잘 모른다. 형민의 옆에서 형민의 얘기를 잘 들어주며 맞장구치는 인물. 신입으로 들어온 나일만에게 악감정은 없고 비교적 다른 노동자들에 비해 나일만을 잘 챙겨주는 편이다.

노형민 : 사투리를 쓰는 '비합리적인 인간', 35세 노동자.
가정이 있어 아내와 아이 둘과 함께 살아가고 있다. 대공장의 하청업체 출신으로 젊었을 때부터 하청업체에서 십년간 일해 왔다. 공장 반장 17호와의 뒷거래를 통해 힘들게 대공장의 입사에 성공했다.
그에게 성적만 좋고 일은 못하는 나일만은 월급 받은 값을 못하는 존재로 눈엣가시다. 그런데 최근 공장의 '낙오자들'이라는 존재에게 꼬리를 밟혀 하청업체에서의 부당강요, 비리라는 명목으로 신고가 들어와 자신이 모든 것을 뒤집어 쓸 위기에 처하는데…

■ 일러두기
● 표기 : 내레이션 앞에 넣어줌

● 가은 : (부드럽게 천천히) 때는 2017년 겨울밤

나일만, 창문 밖 하늘을 쳐다본다.
시선 정면 처리. 창문 밖 하늘을 관찰한다.

● 정묵 : 나일만의 자취방 밖엔, 하얀 눈이 휘날리고 있었다.

E) 눈 내리는 소리
나일만, 눈 내리는 것을 바라본다. 시선이 점점 위로 올라감.

● 재혁 : (눈 내리는 걸 바라보며 감성적으로) 눈은 계속해서 내렸다.
          (사이) 밤이 깊어지도록…

나일만, 잠시 넋 놓고 눈 내리는 걸 바라보는 모습.
이제 관객을 보며.

● 가은 : 그날 새벽 나일만은 여전히 잠을 못 이루고 뒤척거리고 있
          었다.

나일만, 뒤척거리기 시작.

무대 암전. E) 휘이익 눈 몰아치는 소리
무대 밝아지면 E) 째깍째깍 소리

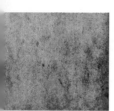

(영상 자막)

1장. 나일만은 왜 대공장에 취업하게 됐는가

안개 속을 뚫고 들려오는 째깍째깍 소리, 안개가 서서히 걷힌다. (안개는 하얀 타임 상징)
나일만은 뒤척거리며 잠을 자려고 시도하고 있다. 좌측으로 한번, 우측으로 한번 시도한다.

나일만   (자신에게 명령하듯이) 나일만, 너 자야 해⋯ 내일 출근이다. 자자, 잠을 자자

● 정묵 : 괴로워하던 나일만, 캔 맥주를 한 잔 비우고 어디론가 전화를 건다.

나일만   캬.

나일만   (혀 꼬인 목소리로) 형, 이상해. 요새 잠이 안 와! 아니 형, 야동 그만 쳐보라니. 내가 형인 줄 알어? (고개를 휘휘 저으며) 나 그런 거 초월했어!! (관객한테 설명하듯 손을 현란하게, 관객이 형임) 형 이게 불면증인가 싶은 게 (사이) 새벽 5시까지는 오히려 정신이 말똥말똥해져. (애기처럼 매우 울상) 5시가 넘어서야 그제야 눈이 감긴다구.

나일만   형! 방금 드라마 보고 드는 생각이 아, 나도 사랑하는 여자를 품에 안고 잠들면 잠이 올 수 있을까?? 소개팅? 그건⋯

자막) 3주 전 소개팅

● 정묵 : 나일만은 3주 전 소개팅. 그날, 나일만은 잘 보이고 싶어서
　　　　노력했다.

나일만　제게는 소박한 꿈이 있어요. (말해놓고 혼자 웃는다) 아내와 자전거
　　　　를 타고 지하철을 앞질러 보는 거요. 히히히 (바보처럼 말해놓고 뻘
　　　　쭘해 한다) 너무 소박해서 놀라셨죠? 아이들을 낳으면 바닷가 옆에
　　　　서 살고 싶어요. 아내랑 자전거 타면서, 같이 바닷바람을 맡는 거
　　　　죠, 후아아 (나일만이 바다소릴 맡는 것처럼 꿈꾸듯이 신나서) 아내와
　　　　같이 손잡고 있음 쩌~편에서 아이들이 아빠~하고 달려오는 거예
　　　　요

여자　(날카롭게) 실례지만 어디 재직 중이세요?

나일만　저는 중소공장.

여자　(나일만의 말 가로막고) 집은요.

나일만　주택 청약 들어놓은 게 있어서 차근차근…

여자　아… 저 화장실 좀 갔다 올게요.

나일만　(시선은 여자를 쫓아가고) 아 네네…

● 정묵 : 그러나 안타깝게도 그는 상대가 뭘 원하는지 알지 못했다.

나일만, 시선이 여자를 쫓아가다가 다시 고개 숙이고
고개 들면 현실로 돌아온다.

나일만　화장실 가신 뒤로 연락이 없더라구… 아 결혼정보회사? 그건…

● 정묵 : 며칠 전 결혼정보회사, 나일만은 매니저에게 열변을 토했었
　　　　다.

나일만   원하는 조건이요? (손 저으며) 아아, 없어요. (순박하게, 확신에 차서) 무조건 만나서 얘기해보고 알아가야죠. 아 제 조건이요? 제 조건 은…

[기계음: 재혁] 30살, 키 175, 외모 평범, 4년제 졸, 중소공장 재직 중, 집 무소유, 차 무소유, 대출까지 있음, 귀하의 연결이 지연되고 있 습니다.

나일만   아직도 멀었나요?

[기계음] (나일만의 말을 막아버리듯) 귀하의 연결이 지연되고 있습니다.

나일만   한 달이 지났는데… 아직도 연결이.

[기계음] (나일만의 말을 막아버림) 귀하의 연결이 지연되고 있습니다.

● 정묵 : 연결은 여전히 되지 않았고 나일만은 느꼈다. 나일만은 발을 세워 저 너머를 쳐다보다가 머리를 긁적인다. 30살, 키 몸무게는 그렇다 쳐도 대출 있는 사람은 불리하다는 걸. 그러다가 30살이라는 부분에서 나일만 정지한다. 머리를 긁적이던 손을 천천히 내려 나일만, 자신의 손바닥을 쳐다본다. 학력이 좋아도 직업, 재산까지 입력해 버리면 (천천히) 이미… 지고 들어간다는 걸 철저히, 깨달았다. 손바닥을 그 대로 한 채 나일만의 시선 하늘로 향한다. 그러다가 서서히 패배자처럼 고개를 떨구며 그의 머리 숙여진다.

숙였다가 다시 머리를 들어 올리는 나일만. 머리 들어 올리면 형과의 전

화 시작.

나일만 (문득 결심이 선 듯) 형. 나 다시 공부해서 '대공장' 취업할 거야. 멀쩡한 직장 나두고 개소리냐니, 형. 내 말 좀 들어봐. 이대로 가다간 늙어 죽을 때 집 생기고 차 생길 것 같아서 그래. '대공장'은 월급이 중소공장 열 배라며. 그럼 집이랑 차는 금방 살 것 같아서 그렇지. 요새 걱정 많아서 잠도 안 오는 것 같은데 들어가면 잠도 잘 올 것 같다구. 엄마한테 용돈 줄 나이인데 지금은 돈 갚느라 바빠서 미안하기도 하고… 여보세요… 형 목소리 왜 그래? 엄마가 왜?

E) 삐 – (사망할 때 울리는 소리)

● 정묵 : 나일만은 자신이 엄마한테 해준 게 없다는 걸 깨달았다. 그는 죽기 살기로 공부를 시작했다.

2장. 나일만이 취업한 대공장은 어떤 곳인가

● 가은 : 여기는 대공장, 사람들은 일을 하고 있다. 노동자 대지는 복사를 하고 노동자 형민은 키보드를 두드린다. 다들 피곤하다. 형민은 또 다른 노동자 김철수의 빈자리를 보고 욕설을 내뱉는다. 그때, 엉거주춤 들어오는 나일만.

나일만 저… 안녕하세요?

● 가은 : 형민, 대지 나일만을 못 본 체하며 일에 집중한다.

나일만 안녕하세요!

● 가은 : 이때 지친 노동자 한 명이 쓰러진다.

노동자 형민 (봤지만 고개 휙 돌림)
노동자 대지 (와 소리 안 나옴. 충격 받은 표정. 이리저리 고개 돌리면서 눈치) 와.
나일만 (눈 고정) 어떡해.

일만, 형민, 대지의 움직임이 잠깐 멈추고 쓰러진 사람을 보는 것도 잠시.

공장반장 17호 (완장 들고) 비켜, 비켜! 뭐하고 있어! 자리로 안 돌아가? 어이, 거기! 똑바로 안 해? 그걸 지금 일이라고 해?!

● 가은 : 공장반장 17호가 등장해 구경하는 노동자들에게 윽박지른 다.

형민, 대지 갑자기 일을 열심히 하기 시작한다. 일만도 일하는 척을 한다.
E) 사이렌 소리
E) 공장반장 17호 점심시간이다. 끝나면 다들 딴 생각 말고 일에 집중 하도록.

노동자 형민 씨발 저것들이 인간인가? 사람이 쓰러졌는데…
노동자 대지 에이 저런 게 한두 번이에요? 거기서 나섰음 형민이나 저나 짤!

억울하지만 어쩌겠어요.

　　　　● 가은 : 형민, 대지가 가는데 일만이 따라온다.

나일만　　안녕하세요! 이번에 신입으로 들어온 나일만이라고 합니다! 잘 부
　　　　　탁드립니다!

노동자 대지　어 그래, 밥 먹을 건데 같이 갈래?

나일만　　네!

　　　　● 가은 : 식사가 끝난 후.

노동자 형민　(타령과 비슷) 김철수 같이 빽만 믿는 좆 같은 새끼들은 가만 냅
　　　　　두면서. 사람이 막 쓰러지는데… 계속 일만 하라는 이 좆 같은 세
　　　　　상… 집에 있는 믹서기로 갈아뿌면 좋겠다.

노동자 대지　(관심없이 듣다가) 형님 무슨 일 있어요?

노동자 형민　그래 뭔 일 있다 임마. 니는 빨리 계좌이체나 해라. 이번에도
　　　　　돈 바로 안 들어오면 확– (목 댕겅 자르는 시늉해 보인다)

노동자 대지　아니 형님 무슨 말을 그렇게 무섭게 해요…

노동자 형민　빨리 보내면 안 무서울 거 아이가 계산은 쫌 단디 하자.

노동자 대지　매일 같이 일하는 사이면서… 바로 보냅니다, 보내요. (나일만
　　　　　옆구리 콕콕 찌르며) 야 너도.

나일만　　아 저도 보냈습니다!!

노동자 형민　그래 니는 확인했다. (대지에게 핸드폰 보여주며) 봐라 임마, 디지
　　　　　털 시대에 마음먹으면 1분이면 들어오제. 1분이 뭐고 한 30초?

노동자 대지　전 아직 아날로그 감성이 있어서.

노동자 형민　입은 살아가 고마. (때리는 시늉해 보인다)

노동자 대지　아아 형님 잘못했어요. 담배 한 대 피실래요?

● 가은 : 대지가 건네는 담배를 받아피는 형민. 대지, 일만에게도 담
　　　　배를 권한다.

나일만 　(손 저으며) 아아, 전 괜찮습니다!

노동자 형민 　그리고 인간적으로 얻어묵으면 7200원이면 8천원 보내고 그
　　　　　　캐야지 7200원 딱 맞춰가 보내나? 확!

노동자 대지 　(형민 시선 딴 데로 돌리기) 형님, 형님! 그래서 무슨 일이라구요?

노동자 형민 　아니 여러 짜증나는 일이 있는데…

노동자 대지 　반장? 형님 반장이 뭐라 했죠?

나일만 　반장이요?

노동자 형민 　반장도 그렇고… 아니 내가 아가 둘 있다 아이가. 돈 나가는 게
　　　　　　순식간이다. 빚 갚으라고 따박따박 문자는 계속 날아오고…

노동자 대지 　형님…

나일만 　대공장인데도 빠듯…

● 가은 : 대지, 나일만의 입을 손으로 막는다.

노동자 대지 　(형민 분위기가 심상치 않자 형민 눈치 살핌, 걱정도 됨) 형님… 괜
　　　　　　찮아요?

노동자 형민 　어깨 나가기 직전인데 병가 안 되제 산재 안 되제. 점심 저녁
　　　　　　때 병원 갔다 오기도 쪼매 애매하고 쉬는 시간이라고는 하얀 타임
　　　　　　뿐이 없는데 그때는 병원문은 안 열었제… 인생 참 좆 같은 거 아
　　　　　　니겠나. (분위기 전환하려고 뒷담화, 진짜 싫어하기도 함) 아이씨… 근
　　　　　　데 암만 캐도 김철수가 제일 좆 같다.

노동자 대지 　(형민에게 맞춰서 분위기 띄우려고 톤 높여서 동의) 아아 김철수.
　　　　　　(해놓고 왜 욕 하는진 모름) 그 사람은 왜요?

나일만 　김철수가 누구예요?

노동자 형민 (무시) 봐라, 이 공장에선 생산적으로 일을 하는 게 당연한 거잖아? 근데 김철수 금마는 누가 봐도 업무시간에 딴 걸 한단 말이야. 누군 쨰가 빠지게 일하느라 아파가 막 쓰러지는데 금마 그거는 자리도 맨날 비우고.

● 가은 : 대지, 이 와중에 손거울을 꺼내 자신의 이에 고춧가루가 끼었는지를 확인한다.

노동자 형민 남자새끼가 뭐 하노 지금!

노동자 대지 (애교부리며, 형민이 편해서 거울도 보는 것) 아이 형님 요새 자기관리 필수인 시대예요.

나일만 (눈치 없이) 일 잘하니까 위에서 아무 말 안하는 거 아닐까요?

노동자 형민 (그제야 나일만에게 눈길) 싸바싸바를 잘하는 게 아이고? 백퍼다백퍼. 금마 그거 야밤에 어디 이상한 데 간다는 소문도 있던데.

노동자 대지 하얀 타임에요?

노동자 형민 그래. 내가 열 받는 건 그 노마가 일을 아무리 잘한다캐도 근무시간에 일을 안 하는데 반장이 모른 척 해주는 것 같다는 기야. (중요한 정보 공유하듯) 내는 묘하게 위에서 그 새끼를 감싸주는 느낌이 든다. 어디서 족보 없이 튀어나온 놈이 아니라 (천천히) 처음부터 라인과 빽이 보장된 놈 같다, 이 말이야.

나일만 아…

노동자 대지 듣고 보니 정말 그런 것 같은데요?

E) 사이렌 소리

노동자 대지 형님 들어가시죠.

노동자 형민 오늘 신입 중 만점자 있다매.

노동자 대지   너 혹시 아냐? 대따 멍청하게 생겼다던데.

나일만   에이 (황당 속상 당황) 그건 진짜 잘못된 소문이다.

노동자 대지   아냐 소문에 되게 멍청하게 생겼대.

나일만   실물 보시면 잘생겼다 하실 거예요.

노동자 대지   (머리 긁적) 그래? 이상하네… 잘생겼음 여직원들 반응이 그렇지 않을 텐데…

노동자 형민   (담뱃불 밟아서 끄며) 마 됐고, 대지야 우리 하청업체 들렀다 가야된다. 고마 가자

노동자 형민   (담뱃불 밟아서 끔) 아 네 형님! (일만 보고) 이따 보자.

나일만   (허리 구십도) 네! 내일 뵙겠습니다!!

● 가은 : 형민 대지 나간다.

나일만   어? 늦겠다.

● 가은 : 빠르게 달려가는 나일만은 어느 문 앞에 멈춰 선다.

3장. 이마리와의 티타임

나일만   안녕하세요!

● 재혁 : 공장반장 17호가 나일만에게로 뚜벅뚜벅 다가온다.

공장반장 17호   이번에 만점으로 들어온 신입 나일만이다.

나일만   (여기저기 보며 꾸벅꾸벅) 안녕하세요! 안녕하세요! 잘 부탁드리겠습니다!!

공장반장 17호   나머지는 일 그대로 시작하고! 나일만. 너는 잠시 따라와.

나일만   (고개 들어) 예?

공장반장 17호   너는 잠시 따라와.

나일만   (자신을 가리키는 것임을 깨닫고) 예!

● 재혁 : 공장반장 17호와 함께 엘리베이터를 타는 나일만.
　　　　　그의 허리는 누군가에게 굴복하는 듯 굽어있다.
　　　　　정면이 아니라 거의 바닥을 보고 있던 나일만.

나일만   저… 혹시 공장반장 17호님.

● 재혁 : 공장반장 17호가 쳐다본다.

나일만   그 가슴팍에 공장반장 17호라고 써져 있길래… 여기는 공장반장님들이 17분인가요. 하하하…

● 재혁 : 대답 없는 공장반장 17호 조용한 엘리베이터는 위로, 한없이 위로. 어느덧 가장 높은 방에 도달한다.

E) 띵 [엘레베이터 소리]

나일만   혹시… 기분 나쁘셨던 것 아니시죠? 그냥 명찰이 보이길래… 하하. (아부하듯이, 공연히 엄지를 추켜세우며) 멋있습니다, 공장반장 17호님.

공장반장 17호   나일만.

나일만　예!

공장반장 17호　너는 입사 시험에서 1등을 했고, 총 만점으로 수석을 했다. 지금 네가 뵐 분은 공장장님의 딸 이마리님이시다. 네가 수석을 했기 때문에 뵐 수 있는 분이지.

나일만　예.

공장반장 17호　이마리님이 오시기 전에 앞으로 네가 지켜야 할 사항을 간단하게 말해주겠다. 첫째, 이 대공장에서는 생산적이기 위해 쉬는 시간은 점심저녁시간 외에 존재하지 않는다.

나일만　그렇다면… 몸이 안 좋은 경우에는 어떻게 해야 하나요.

공장반장 17호　말 자르지 마. (사이) 그럴 경우에는 하얀 타임을 활용하라고 하지.

나일만　하얀 타임이요?

공장반장 17호　하얀 타임은 취침시간으로 알려진 밤 10시부터 아침 8시까지다. 하얀 타임엔 자는 게 생산적이지만 우린 자라고 강요하진 않아.

나일만　하얀 타임은 자유시간인 건가요?

공장반장 17호　(귀찮다는 듯) 법을 어기지만 않는다면 그렇겠지. 법을 어기면 처벌이다.

나일만　그냥 자유시간인 것 같은데 하얀 타임이란 이름은 왜 붙은 건지…

● 재혁 : 그때

이마리　(천천히, 상냥하게) 공장의 계산에서 제외된다는 뜻이에요. 계산에서 제외되니 하얗다-라는 표현을 쓰죠.

● 재혁 : 문이 열리며 이마리가 들어온다. 세상에서 가장 없을 것 같은 우아하고, 친절한 모습으로 또각또각 걸어온다.

나일만 아아 정말 하야시구나… (잠시 넋을 잃고 있다가 벌떡 일어서서) 안녕하세요!! 처음 뵙겠습니다! 나일만입니다!

이마리 일만씨, 저랑 티 한 잔 하시겠어요?

나일만 네? 아— 티! 좋습니다!

● 재혁 : 공장반장 17호가 잔을 가져와 티를 따르는 동안 나일만은 이마리에게서 눈을 떼지 못한다.

나일만은 최면에 걸린 것 같은 표정과 움직임을 보인다.
이마리는 매우 천천히, 부드럽게 말한다.

이마리 (다시 티 한 모금, 천천히 부드럽게) 하얀 타임이 왜 존재하냐고 물었죠? 하얀 타임은 우리 공장에서 노동자들을 위해 선물한 (강조, 속삭이듯) 축복이에요.

나일만 아, 그렇군요…

● 재혁 : 이마리는 싱긋 누구보다도 아름다운 미소를 지어 보인다.

이마리, 싱긋 아름다운 미소.
나일만, 순간 넋을 잃는다.
나일만, 순간 넋을 잃어 입 벌어져 있다.

이마리 앉으세요.

나일만 아, 네! (자리에 벌떡 앉는다)

이마리 긴장 많이 하신 것 같네요. (싱긋) 이름이 나일만이라고 그랬죠?

나일만 예? 아 예! 제 이름은 나일만이라고, 나는 일만 하는 사람이라는 뜻입니다! 부모님께서 좋은 일꾼이 되라고 지어주셨어요. 사회에

기여하는 사람이 되라고 하셨죠.

이마리 (미소 지어보이며) 좋은 이름이네요. 일만 씨가 두 가지만 더 알면 좋겠어요.

나일만 네?

이마리 공장에 대한 믿음이요. 내가 이 공장을 다니고 있다는 자부심 같은 거죠.

나일만 대공장인데… 당연히 있죠!

이마리 그리고 하나만 더 알면 돼요. (몸을 앞으로 숙이며) 가장 중요한 건 단지 노동을 열심히 하는 것이 아니라, 잘 해야 한다는 거예요. 가장 생산적이어야 하죠.

나일만 가장 생산적으로…

이마리 일만씨.

● 재혁 : 이마리, 자신의 잔에 티를 한잔 더 따른다.

이마리 이름처럼 일만씨가 열심히 일해주면 빚도 갚을 수 있고, 원하는 집도 살 수 있어요. 차도 살 수 있구요. (사이) 원하는 어떤 물건들도 고민 안하고 사는 거죠. (사이) 이런 삶을 살고 싶지 않으세요?

나일만 사실… (자신의 욕망을 드러내려다 멈칫, 그러나 곧 드러냄) 그렇습니다!!

이마리 일만씨는 합리적인 사람이네요. (사이) 모두가 일만씨 같으면 좋을 텐데. (티 마시고) 사실 (사이) 공장에 문제가 하나 생겼거든요.

나일만 어떤 문제가…

● 재혁 : 이마리, 들고 있던 잔을 내려 놓는다.

이마리 (천천히) 공장에 신고가 들어왔어요.

나일만 네? 신고라구요…?!

이마리 하나는 노동자들이 실종되고 있다는 신고였고, (사이) 하나는 우리가 하청업체에 강매를 하고 있다는 거였죠.

나일만 (황당 분노) 어쩌다가 그런 신고가…

이마리 (이마에 손을 짚으며, 천천히) '낙오자'.

나일만 낙오자… 요?

이마리 공장을 뒤엎으려는 사람들이 있어요. (은밀하게) 공장 내에서는 낙오자라는 이름으로 부르죠. 우리는 (천천히) 그 신고가 낙오자들이 한 행동이라고 생각해요

나일만 그런 사람들이 있다니… 해고를 시켜버리면.

이마리 (상냥하게) 아니요, 저는 만나서 대화를 하고 싶은 거예요. (사이) 우리들 사이에 뭔가 오해가 있다고 생각하니까요.

나일만 마리님은 이렇게 관용을 베푸시는데… 그 사람들은 너무하네요!

이마리 그래서 우리에겐 (사이) 낙오자의 대표가 누구인지 (사이) 알아낼 수 있는 사람이 필요해요. 재판일까지 한 달 하고도 하루가 남아 있어요.

나일만 만약 못 찾아낸다면 어떡하죠.

이마리 하루 전까지만이라도 찾아낼 수만 있다면 다행이죠.

● 재혁 : 나일만의 눈을 지긋이 바라보는 이마리.

이마리 티를 마시지 않았네요.

나일만 아아 제가 왜 안 마셨지.

● 재혁 : 나일만, 허겁지겁 티를 마신다.

이마리 (나일만 보고 미소 지은 후) 우리 이렇게 종종 티타임을 가져요.

나일만   네 영광입니다!!

● 재혁 : 이마리, 나일만의 손을 꼬옥 잡는다.

이마리   일만씨.
나일만   (당황, 심장 박동수 쿵쿵) 네? 네.
이마리   (유혹적으로) 내게 낙오자들을 알려주실 수 있나요? 어떤 상황에서
           라도.
나일만   (홀린 듯이) 어떤 상황에라도.
이마리   (최면을 걸 듯이 속삭이며) 우리 모두가 생산적이기 위해서.
나일만   (홀린 듯이) 우리 모두가 생산적이기 위해서.

● 재혁 : 이마리, 잡았던 나일만의 손을 놓고 일어난다.
      또각또각 걸어나가는 이마리를 향해 머리 숙이는 공장반장
      17호

공장반장 17호   나일만을 어디로 배치할까요?
이마리   17호로 배치해주세요.
공장반장 17호   네, 알겠습니다.

● 재혁 : 이마리, 나일만을 향해 뒤를 돈다.

이마리   일만씨, 우리 내일 다시 만나요, 12시에.
나일만   네!! 내일 12시!

● 재혁 : 공장반장 17호, 나일만을 끌고 기숙사로 향한다.
      공장 기숙사17호실 앞에 멈춰선 둘.

공장반장 17호 (딱딱한 음성) 네가 앞으로 지낼 방이다. 룸메이트는 김철수라는 노동자다. 잘 지내도록.

4장. 룸메이트 김철수

● 정묵 : 나일만의 첫 번째 하얀 타임 나일만은 조용히 옷가지를 벗고 침대에 눕는다.

나일만, 잠을 이루지 못하고 침대를 뒤척거리다 걸터앉는다.

나일만 승진이라…

● 정묵 : 상상에 잠기는 나일만. 야경이 보이는 건물의 가장 높은 테라스에서 도시의 별빛이 반짝거린다. 그는 붉은 색 포도주가 담긴 와인을 흔들고 있다. 굉장히 여유 있게, 천천히 와인을 음미한다. 그의 뒤로 다가오는 이마리. 그녀가 다가와 그의 와인잔을 빼앗고 손을 잡는다. 그들은 춤을 춘다. (사이) 아주 천천히.

나일만, 이마리를 상상하며 춤을 춘다. 혼자 환희에 들떠 있다.
춤을 추고 있는데 끼이이익. 문이 열리고 김철수가 등장한다.
김철수, 천천히 걸어와서 나일만을 툭 건드린다.

김철수 넌 뭐냐.

나일만 으어어어 깜짝이야! (쪽팔림, 뻘쭘함) 아… 안녕하세요!

김철수 뭐하냐고.

나일만 예? 아… 그게 잠이 안와서요… 그게… (변명하듯) 열시도 넘었고! 하얀 타임은 자유롭게 행동해도 된다고 그러기에… 제가 오늘 처음 들어온 거라 고민도 많고 그래서 이상한 짓을…

● 정묵 : 김철수는 나일만을 지나쳐 자신의 침대로 간다. 나일만은 철수의 말을 기다리는 듯 뻘쭘하게 서 있다. 김철수는 무심하게 자신의 일만 한다.

김철수, 나일만을 지나쳐 자신의 침대로 간다. 나일만, 머리를 긁적거리며 철수의 말을 기다리는 듯 뻘쭘하게 서 있다. 철수, 무심하게 자신의 일만 한다. 나일만, 뻘쭘하게 서 있다가 인사한다.

나일만 형님! 안녕하세요! 저는 나일만이라고 합니다!

● 정묵 : 김철수, 쳐다보지도 않는다.

나일만 어… 그… 형님 성함이 김철수 형님 맞으시죠?

김철수 너.

나일만 (움찔) 네?

김철수 향수 냄새가 나네.

나일만 아 그런가… (팔 들어 냄새 맡아보고 킁킁)

김철수 이마리 만나고 왔냐?

나일만 그걸 어떻게 아시고…

김철수 이마리 이쁘지?

나일만 네네! 이쁩니다!

● 정묵 : 김철수는 여전히 나일만을 쳐다보지 않는다.

나일만　형님… 그… 이마리님을 아세요? 쉽게 만날 수 없는 분이라던
　　　　　데…

김철수　너 승진하고 싶냐?

나일만　아니오…! (망설임, 자신의 임무가 들킨 줄 알고 놀람) 아… 그게 아니
　　　　　라…

김철수　(이새끼) 너 어디 다니다 왔냐?

나일만　중소공장 다녔었습니다.

김철수　나이는?

나일만　아 올해 서른하나입니다!

김철수　난 서른다섯. 네 고민이 뭔데?

나일만　예? 아 그게… 잘 취업했다고는 생각하는데… 뭔가 부담도 되고.

김철수　잘 들어왔지. 뭘 고민해. 내가 알려줄까?

나일만　네?

● 정묵 : 김철수, 나일만에게로 다가간다.

김철수　나 꽤 객관적이거든. 너 잘 들어왔는지 잘못 들어왔는지 내가 판
　　　　　단해줄게.

나일만　아… 네!

김철수　너 대학 졸업 언제 했어?

나일만　스물일곱에 졸업하고 바로 취직했습니다!

김철수　그래. 중소공장은 평균 매달 백오십 받지?

나일만　네.

김철수　느낌에 너 공장 앞에서 자취한 것 같은데.

나일만　어떻게 아셨어요?

김철수   (딱 보면 알지 임마) 백오십이면 전세 원룸 못 가고, 공장에서 가장 가까운 고시원 정도?

나일만   네… 돈 없어서 싼 데 살았어요.

김철수   그럼 월세가 삼십 정도 했겠네. 도보 이동한다치면 교통비 빵. 점심 육천하면 주 5일 한 달 십이만. 아침저녁 주말 식비로 삼만. 휴대폰 오만. 매달 기본 숙식과 생활비로 약 오십에서 육십 사이.

나일만   맞습니다…

김철수   생활보험에 실비로 7만, 연금저축 10만. 그럼 총 더해보면 약 팔십 쓰는 거고. 이런 상황에선 연애도 하면 큰일이고. 월급이 백오십이니 쓴 돈 팔십 빼면 남는 돈 칠십인데 그것도 연애 안 해야 매달 칠십 저축 가능한 거고. 그럼 1년에 너 겨우 팔백사십 저축해.

나일만   사실… 그것보다 못 모았…

김철수   (가로막고) 니가 스물일곱부터 3년 내내 일만 했다 쳐도… 삼천 모았네? 보통 삼십부터 결혼 생각 슬슬 들 거고 결혼하려면 적어도 자기 명의 집이 있길 바랄 거고. 근데 너 삼천 갖고 어디 가서 집 구할 수 있겠냐?

나일만   주택 청약 든 게 있긴 한데…

김철수   (가로막고) 너 중소공장 계속 다녔으면 이 꼴 나는 거야. 서른다섯에라도 결혼하려면 요새는 연봉 오천에 자산 삼억 아파트 기본. 오케이?

나일만   (고개 끄덕끄덕) 이야 돈으로 그렇게 계산해주시니 정말 확실하네요. (확신에 차서, 김철수 의도 눈치 못 채고) 저 여길 들어온 거 잘한 건 맞네요.

김철수   뭐 굳이 계산을 해보자면 대공장에 온 게 이득이지. (사이) 근데, 너 대공장이라고 다 좋을 것 같냐?

나일만   네?

● 정묵 : 김철수, 말하다 말고 침대로 가 이불을 홱 뒤집어쓴다.

나일만   형님?
김철수   잔다.
나일만   예…

● 정묵 : 나일만, 당황하지만 자신의 침대로 가서 주섬주섬 이불을
　　　　뒤집어쓴다.

김철수   불은 끄고 새끼야, 말을 꼭 해야 아냐.
나일만   엡! 형님 주무세요!

● 정묵 : 그 뒤로 나일만과 김철수의 대화는 없었다.

김철수는 하얀 타임마다 어디론가 향했고, 나일만은 사라지는 김철수를
보다가 새벽 5시쯤이 되어서야 잠들었다. 그렇게 삼 주가 흘렀다.

5장. 사라지는 노동자들

● 가은 : 들었어? 노동자들이 자꾸 사라진대.
● 정묵 : 이직? 아님… 구조조정? 해고?
● 재혁 : 요즘 애들은 정신력이 약하다니깐. (쯧쯧) 이래서 안 돼.
● 병열 : 자살했다는 소리도 있어. 요 앞 강가에 시체가 떠올랐다는
　　　　얘기도 있다고

- 가은 : 뭐?
- 정묵 : 야야 입 닫아. 함부로 입 놀리면 너도 짤려 나갈 걸? 적당히
  입 맞추고 일하자 일!!
- 모두 : (합 맞춰서) 일!!

노동자 형민, 대지, 나일만 등장

- 가은 : 일을 하고 있는 노동자들

나일만 대지형님 저 좀 여쭤 봐도 돼요?
노동자 대지 (몰래) 형님… 담배 한 대.
노동자 형민 퍼뜩 나온나.

- 가은 : 나일만을 무시하고 몰래 빠져 나오는 형민과 대지.

노동자 대지 아 (감격) 살 것 같아요.
노동자 형민 이게 여유지. (담배 들어 보이며) 담배 없으면 어떻게 살겠노.
노동자 대지 (담배 들어 올리며 마치 관찰하듯이, 연극적으로 오버하는 말투) 치
열한 전쟁터 속에서의 작은 휴식…!
노동자 형민 (한심하게) 지랄하네. 니 그 손거울 들고 하면 딱이겠다. (죽음을
곧 앞둔 사람처럼 의미심장한) 뭐 내도 이 담배 아니었음 벌써 죽어
뻿을기다…
노동자 대지 에이 형님도. 형님, 근데 소문 들었어요? 글쎄 노동자들이…
노동자 형민 죽어나간다는 소문? 마 죽었으면 공장이 조용하겠나? 그냥 백
퍼 해고됐거나 지 발로 나간거지. 공장 사람들이 바보가? 이까지
들어온 거 보면 니도 머리가 있단 건데… (그러나 형민 진짜로 공포
를 느낌) 니까지 무섭게 와 그라는데.

노동자 일만 (반갑게) 형님들 여기 계셨네요.

● 가은 : 형민과 대지를 찾아나온 일만

노동자 형민 (비꼬듯) 아이고 이거 대단하신 우리 수석님 아이십니까~ 이마리님 만나시느라 요즘 바쁘시다매요 우리 찾으실 시간은 있으십니까?

노동자 일만 (눈치 전혀 없다) 에이 형님 농담도.

노동자 대지 뭐 잘 안 돼?

노동자 일만 업무 관련해서 모르는 게 있어서…

노동자 대지 뭔데?

노동자 일만 반장님 명으로 보고서 쓰는데 모르는 게 있어서…

노동자 형민 (표정이 어두워져서) 내가 알려줄게.

나일만 감사합니다!!

노동자 형민 줘봐.

나일만 네!! 여기 있습니다.

● 가은 : 그때 형민에게 전화가 걸려온다. 형민, 일만과 대지에게서 멀리 떨어져서 전화를 받는다.

노동자 형민 (누가 들을까봐 조심하면서도 흥분해서 따지는 투) 예? 반장님 도대체 저한테 와 그러십니까… 내 그래도 지금까지 반장님 말 잘 들었잖아요. 내는 그냥 공장에서 시키는 대로 한 긴데 뭐 우야라고요 내보고? 내는 거기 못 들어갑니다… 반장님 내 진짜 한번만 봐주이소. 내 진짜로 더 열심히 할게예. 일이 이래 돌아가쁘면 우리 집에 얼라 둘이랑 마누라는 우얍니까?? 진짜로 내 한번만 살려 주이소… 반장님…!

● 가은 : 표정이 어두운 형민. 전화를 끊고 나서 대지, 일만에게로 걸
         어온다.

나일만　　형님 무슨 일 있으세요?

　　　　　● 가은 : 형민, 고개를 들어 일만을 쳐다보는 게 노려보는 것 같다.

노동자 형민　　알 거 없다.
노동자 대지　　형님 반장이에요…?
나일만　　제가 뭐 잘못한 거라도…
노동자 형민　　(고개 저으며) 아이다 아이다. 니 이거 모른다꼬? 마, 잘봐라, (퉁
         명스럽게) 이거는 있다 아이가 이런 식으로 이렇게…
나일만　　(고개 열심히 끄덕끄덕)
노동자 형민　　알았나? 이제 우린 간다.
노동자 대지　　일만이 힘내라!
나일만　　(진심으로 감사) 감사합니다! 감사합니다!

　　　　　● 가은 : 일만의 일은 끝나지 않는다.

　　　　　● 정묵 : 다시 티타임.

이마리　　(상냥하고 부드럽게) 왔네요 일만씨.
나일만　　네, 티타임에 초대해주셔서…
이마리　　긴장하지 말구 앉아요.

　　　　　● 정묵 : 티가 나일만의 찻잔에 따라진다.

이마리 공장에 아직 낙오자로 추정되는 사람은 없나요?
나일만 네, 아직은…

　　　● 정묵 : 침묵.

이마리 (티를 마시며, 사이) 그래요. 티는 괜찮아요?
나일만 요새 공장에 적응 중이라 잠을 못 잤는데, 티 덕분에 버틸 수 있는 것 같아요.
이마리 잠이 오지 않는다구요?
나일만 아, 잠을 아예 안 자는 건 아니고… 새벽 5시쯤은 되어야 잠이 오는 것 같더라구요. 아마 몸이 적응 중인가 봐요.
이마리 잠이 오지 않는 이유는 필요 없는 걱정을 하기 때문이죠. 걱정할 시간에 잠을 자거나, 잠을 잘 수 있도록 많은 일을 하면 되는 거예요.
나일만 아 그렇네요… 걱정하지 말라는 말씀이죠?

　　　● 정묵 : 이마리, 나일만의 손을 잡는다.

이마리 그럼요, 걱정할 시간에 일을 한다면 얼마나 생산적일까요. 하루에 걱정하는 시간을 계산해보면, 너무 많은 시간을 걱정하는 데 쓴다는 걸 깨달을 거예요. 사람들은 이렇게 비생산적으로 굴곤 후회하곤 하죠. (부드럽게) 일만씨를 위해서 하는 말인 거… 알죠?
나일만 그럼요, 물론이죠!

　　　● 정묵 : 나일만은 몸을 배배 꼰다. 이마리, 그런 나일만을 향해 우아하고 사랑스러운 미소를 지어 보인다.

이마리　벌써 시간이 다 되었네요.

나일만　아, 벌써요…

이마리　또 봐요.

나일만　네!

● 정묵 : 나일만, 이마리에게 손을 흔들며 행복해 한다.

● 가은 : 다시 돌아와 키보드를 두드리는 일만.

공장반장　17호 보고서는 다 되었겠지.

나일만　네! 여기 있습니다.

● 가은 : 나일만이 건네준 보고서를 읽어보는 공장반장 17호.

공장반장 17호　이 미친 새끼야!!

나일만　네?

공장반장 17호　입사한 지 한 달이나 지났는데 업무를 아직도 이해를 못했어?

나일만　아… 알려주신 대로 했는데…

공장반장 17호　(말 뚝 끊고) 너 수석 아니냐?

나일만　(어안이 벙벙해서 대답을 못한다)

공장반장 17호　믿고 맡겼는데 이따위 보고서나 올리고. 이 정도로 머리가 나쁜데 너 여기 어떻게 들어왔어? 이따위 머리 가지고 같이 일을 어떻게 해! 노형민.

노동자 형민　네!

공장반장 17호　네가 다 다시 해 와. 너도 이렇게 해오면 해고야. 알았어?

노동자 형민　예. 알겠심더.

공장반장 17호　(나일만 얼굴에 집어던지며) 너! 똑똑히 봐. 너 때문에 같은 일을 두 번 하게 되는 거라구. 너 같은 쓰레기를 고르신 건 이마리님의 실수였어. 오늘 일은 이마리님께 보고 드리겠다. (일만에게 다가서서) 너는 쓸모없는 머릴 가졌으니 해고해야 된다고 말이야.

　　　　● 가은 : 공장반장 17호는 나가려고 한다. 그때.

나일만　반장님. 정말 죄송합니다…

공장반장 17호　병신도 이런 병신이 있나. 상병신새끼. 개새끼들아 뭘 쳐다봐!! 일 안해? (나일만의 가슴 팍 밀치며) 야 나일만 너도 일을 해! 쓸모없게 굴지 말고 대가리 굴려 가면서 일 하라고!

　　　　● 가은 : 공장반장 17호가 나간 후 나일만의 몸은 얼어붙었다. 그러나 가만히 바라볼 뿐 누구도 나일만 곁으로 오지 않는다. 다들 나일만을 외면하고 태연하게 일을 한다. 나일만은 자리에서 일어나 형민에게로 간다.

나일만　형님 저랑 잠시 얘기를 해주셨으면…

노동자 형민　저리 안 가나? 바쁘다. 할 일도 많고.

나일만　형님. 저 피하지 마시고 얘기를 좀 해야 한다구요.

노동자 형민　이거 미친 놈 아이가? 근무시간에 얘기 하면 안 되는 거 모르나!

나일만　형님이 담배피실 땐 얘기하셔도 되는 거죠.

　　　　● 가은 : 나일만은 형민에게 담배를 내민다.

노동자 형민　안 끄지나?

나일만   저 이마리님과 티타임 자주 갖는 거 아시죠. 안 나오시면 저도 나름대로 생각이 있습니다.

노동자 형민   하.

● 가은 : 형민과 나일만은 옥상으로 향한다.

노동자 형민   귀찮게 와 그라는데?

나일만   일부러 잘못 알려주신 거죠.

노동자 형민   임마 이거 진짜 쪼잔한 놈이네.

나일만   형님 경력이 얼마인데 잘못 알려준 게 이상하잖아요! 차라리 제게 알려주기 귀찮으면 귀찮다고 말하면 됐잖아요!

노동자 형민   잘못 알려준 거 맞다. 귀찮게 하고 있는 거 잘 아네.

나일만   뭐라구요?

노동자 형민   오죽 일을 못하면 삼주가 지났는데 내가 알려준 게 틀린 건질 모를까. 내는 있다 아이가, 김철수 그리고 특히 니 같은 놈들이 제일 이해 안 간다! 자리만 차지하고 앉아가 일은 하는 둥 마는 둥. 그런 놈들이 진짜 역겹고 뵈기 싫다. 직장생활이란 그래 하는 게 아이거든. 내는 매 순간마다 긴장하면서 일 어뜩해든 잘해보려고! 뭐든 미친 듯이 맡아서 하는디 니는 그따위로 하면서 태연히 있는 단 말이야… 그따위로 할 거면 나가라. 그따위로 일하고 같은 월급 받는 게 쪽팔리지도 않나?

나일만   형님이 무슨 반장이에요? 저는 최선을 다해서 열심히 일하고 월급 받는 거예요! 형님이 관여하실 바가 아니죠!

노동자 형민   그러니까 니 같은 새끼가 답답한 새끼라는 기라. 다들 쉬쉬하고 말 안하니까 모르겠제. 내는 도저히 이해가 안 된다. 이마리님이 왜 니를 만나는지. 그나마 니가 이 공장에서 하는 역할이 뭔지 아나? 성적으로만 뽑으면 안 되고 일 잘하는 놈 뽑아야 된다는

거, 그거 알려주는 기다. 니 같은 새끼들 때문에 좌절해야 하는 내 입장은 니 한번이라도 생각 해봤나?

나일만 말 다 하셨어요 지금? 형님은 뭐 일 잘한다고 생각하세요? 눈치 슬슬 보면서 담배 피러 가는 거? 하!

노동자 형민 필 만하니까 피지 아휴 개 등신 같은 게…

    ● 가은 : 그때, 형민에게 전화가 걸려온다.

노동자 형민 니 잠시 있어라.

    ● 가은 : 형민은 일만에게서 멀리 떨어져 전화를 받는다.

노동자 형민 반장님… (이제는 기어죽어 들어가는 투) 내는 그렇게 못하겠심더… 그래는 못합니다… 반장님? 반장님!!!

    ● 가은 : 형민, 전화가 끊어진 후 말 없이 그 자리에 서 있다. 잠시 동안 침묵. 눈치를 보던 나일만, 입을 연다.

나일만 저 먼저 내려가 볼게요.

    ● 가은 : 일만, 내려가다가 이상한 느낌이 들어 다시 올라간다. 옥상에 도착한 순간, 난간 아래로 추락하는 형민…

나일만 형니임!!!!!!!! 으아아아아!!
도와주세요! 사람이 떨어졌습니다!! 사람이 떨어졌어요!!

E) 삐용삐용 ? 삐이이잉(사이렌 소리)

공장반장 17호　(완장 들고) 비켜, 비켜! 뭐하고 있어! 자리로 안 돌아가? 어이, 거기! 똑바로 안 해? 그걸 지금 일이라고 해?!

뉴스(가은)　오늘 낮 2시경, 대공장 옥상에서 노동자 노모씨가 스스로 목숨을 끊은 채 발견됐습니다. 노모 씨는 최근 대공장 하청업체 강매 사건의 유력한 주동자인 사실이 밝혀지자 극단적인 선택을 한 것으로 추정되고 있습니다.

　　● 가은 : 여기는 대공장. 사람들은 일을 한다.

나일만　형님! 제가 그런 게 아니에요, 형님도 아시죠.
대지　알아. 네 잘못이 아니야. 그만 생각하고, 이제 일을 하자.
나일만　형님!
대지　일만아. 나 정말 생각하기 싫어서 그래.
나일만　눈앞에서 사람이 죽었어. 사람이 죽었는데 어떻게 일을 해…?

　　● 가은 : 여기는 대공장. 사람들은 일을 한다.

무대 암전.

6장. 김철수의 시험

　　● 정묵 : 일주일 후,
　　　　　　 하얀 타임마다 나일만은 계속해서 술을 마신다.

김철수가 방으로 들어오자 나일만은 술병을 서둘러 치운다.
김철수, 침대에 눕는다. 김철수가 눕자 나일만도 눕는다.
그러나 나일만, 잠들지 못하고 침대에서 뒤치락거린다.

김철수 너 그만 뒤치락거려.

나일만 잠이 오지 않아서요… 죄송합니다.

● 정묵 : 김철수, 나일만을 뒤집는다. 나일만, 울고 있다.

김철수 잠깐 앉아봐.

● 정묵 : 김철수와 나일만은 바닥에 앉는다. 나일만에게 술을 건네는
　　　　김철수.

김철수 (술 내밀며) 눈 밑은 시꺼매가지고. 한 잔 해.

● 정묵 : 나일만, 술을 받는다.

나일만 (술 받으며) 감사합니다.

김철수 (나일만이 따라주는 술 받는다) 너 때려치고 싶지?

나일만 형님.

김철수 왜?

나일만 사람이 죽었는데 다들 일을 해요.

김철수 네가 죽었어?

나일만 네? 당연히 아니죠!! 그건 절대 아니에요

김철수 그럼 됐네. 죽은 사람은 죽은 사람이고 산 사람은 살아야지. 할 일
은 어차피 해야 하는 거잖아? 너 승진하고 싶다매.

나일만 (침묵)

　　　● 정묵 : 김철수와 나일만 사이에 침묵이 길어진다.

김철수 승진하려면 일 해야지.

나일만 알아요.

김철수 뭘?

나일만 형님이 계산도 해주셨잖아요. 대공장에 들어온 게 이득이라고. 전 버텨야 한다고 생각했어요. 그게 돌아가신 엄마한테도 부끄럽지 않은 일이고. 제가 사람 구실하는 거라고 생각했거든요.

김철수 근데?

나일만 모르겠어요, 하나도 모르겠어요. 이젠 무섭기까지 해요… 다른 사람들은 너무 멀쩡하게 살아가고 있는 것 같아서 제가 이상한 건가 하는 생각도 들고… 형민형님은 모르는 사람이 아니잖아요. 우리가 알았던 사람이었잖아요…

　　　● 정묵 : 나일만은 술병 채로 벌컥벌컥 마신다.

김철수 이 자식 작정하고 마시네. 나 질문이 하나 있는데.

　　　● 정묵 : 나일만, 김철수를 쳐다본다.

나일만 예…?

김철수 니 꿈이 대공장 들어오는 거였냐?

나일만 그게 꿈인 사람은 없죠. (사이) 일단 사람들이 알아주잖아요. 대공장 들어갔다 하면 다들 표정이 달라져요. 그리고 돈도 제일 많이 주니까 들어온 거죠. 승진까지 하면 로또고.

김철수　그럼 대공장 들어왔는데 뭐가 문제야?

나일만　모르겠어요.

　　● 정묵 : 김철수, 나일만의 잔에 술을 따라준다.

김철수　그렇다고 다시 중소공장 가라 하면 안 갈 거잖아

나일만　안 가죠. 그땐 세상 모든 것에 차별받는 기분이었어요. 아무리 열심히 해도 월급도 백오십 밖에 못 받고. 월세, 식비 뭐는 뭐. 또 뭐는 뭐. 엄마 돌아가실 때까지 제가 엄마한테 돈 달라고 그랬어요. 그땐 정말… 쓸모없는 쓰레기였죠.

김철수　그럼 지금은 전혀 문제 없는 거 아냐?

나일만　그러네요… 그러니까… 대공장만 들어가면 이제 행복하기만 하면 되는 줄 알았는데…

　　● 정묵 : 나일만, 술을 벌컥벌컥 마신다.

김철수　그럼 넌 행복하기만 하면 되는 거네?

나일만　네?

김철수　그런 거면 내가 알려줄게, 그 행복.

나일만　행복이요? 아… (사이) 괜찮습니다. 밖에 나가면 돈 들 거 같아서…

김철수　네 돈 안 드니 일어서봐. 보여줄 게 있어.

　　● 정묵 : 김철수, 나일만을 잡아끌고 어디론가 당도한다.
　　　　　　 몽환적인 분위기.
　　　　　　 유흥의 거리에서 대공장의 노동자들이 나일만의 시선을 잡아끈다.
　　　　　　 거리의 표지판에, 유흥이 합법이니 안심하라는 문구가 쓰여

있다.

나일만 우와 형님 여기 어디에요? 이런 델 저희가 들어가도 돼요? 비싼 덴 것 같은데…

김철수 여기? 돈만 있음 왕 될 수 있는 곳.

나일만 이런데 가면 안 될 것 같은데…

김철수 여기가 공장에 하얀 타임이 존재하는 진짜 이유일지도 몰라. 이마리가 그러지 않았어? '너를 위한 축복이다.' 자 즐겨봐.

● 정묵 : 김철수 나일만의 손에 지폐뭉치를 쥐어 준다.

　　　나일만, 어색하게 이리저리 둘러보다가 하얀 안개 속으로 들어간다.

　　　노동자들이 권해주는 하얀 냄새를 들이마신다.

　　　나일만, 황홀한 표정을 짓는다. 김철수, 멀찍이 서서 나일만을 지켜본다.

나일만 후우우우우 저기 무지개색 별들이…

김철수 좋아?

나일만 해,행복해요, 하하하하하하하.

김철수 미친 놈.

나일만 저어느은 미쳐어엇요 하하하하하하하.

● 정묵 : 화려한 조명, 하얀 안개 속에서 미친 듯이 웃는 나일만. 그리고 나일만을 바라보는 김철수.

나일만 근데 머리가 너무 아파요.

김철수 신나게 웃더니 별로야?

나일만   나가요 우리.

　　　● 정묵 : 안개 속에서 벗어나는 나일만의 앞에 아름다운 여자들의 검
　　　　　은 실루엣이 보인다.

나일만   뭐야?
김철수   이건 머리가 안 아플 텐데.
나일만   형님 들어가면 후회할 것 같아요. 마음이 안 내키네요.

　　　● 정묵 : 물러서는 나일만.

음악 out.

　　　● 정묵 : 김철수, 나일만에게로 다가간다.

김철수   마음이 안 내켜? (사이) 이마리 때문에?
나일만   예?

　　　● 정묵 : 김철수, 주머니에서 담배를 꺼내 입에 문다.

김철수   너 이마리 좋아하냐?
나일만   (말하려고 하지만 김철수가 먼저 말해버린다)
김철수   (나일만이 말하려고 하자 빠르게 말로 막는다) 아니라고 변명하고 싶
　　　　겠지. 근데 너 이마리 좋아해도 이마리랑 안 돼.
나일만   좋아합니다.
김철수   뭐?
나일만   마리님, 제가 좋아합니다.

김철수   이거 큰일 날 새끼네. 안 된다니까?

나일만   조건 차이 나서 안 된다는 거잖아요. 상관없어요.

김철수   하… 병신 새끼. 너 이용당하고 있다고.

나일만   (멈칫, 아무 말 하지 못한다)

● 정묵 : 김철수가 나일만 쪽으로 연기를 내뿜는다. 나일만, 기침한
다.

나일만   콜록콜록. 그걸 어떻게 아시죠? (사이) 마리님이 저를 좋아하는 건
아닐 수 있겠죠 그래도 저를 믿어주시고 계세요. 제가 일을 잘해
낼 거라고.

김철수   믿는다고? 이마리가 널 계속 만나주는 건, 네가 이용가치가 있다
고 판단했기 때문이야.

나일만   (멈칫) 상관없습니다! 이마리님께 이용가치가 있다는 건 저에게 좋
은 일이니까요! 형님, 저는 공장 안에서 열심히 일할 거예요! 오늘
처럼 힘들어도 버텨낼 거구요! 그리고 꼭 승진해서 이마리 님 곁
에 있을 거예요

김철수   내가 진짜 헷갈려서 그러는데, 넌 이마리를 좋아하는 거야, 승진
을 하고 싶은 거야?

나일만   (불편한 질문을 해서 기분 정말 불편함) 둘 다 입니다!

김철수   후… 결국 대공장 인간들에겐 자기 이익이 먼저지 누가 누굴 감싸
거나 챙기는 행동은 사치라고. 아직도 모르겠어? 이용가치가 없
어지면 넌… 아니지. 물론 너는 다를 수도 있지. 네가 공장에 그런
식으로 적응을 하겠다면 다른 이야기니까. 네가 이용가치를 따지
고 계산하기 시작하면 그게 네 행복일 수도 있지.

나일만   (김철수가 하는 말을 이해하지 못한다) 형님이 그런 걱정을 왜 하시는
지도 모르겠고 무슨 소릴 하시는지도 하나도 모르겠어요. 형님,

저는 지금 굉장히 화가 난다구요.

김철수　잘 좀 생각해보라고. 너한테 정말 중요한 게 뭔지.

나일만　형님! 저는 형님이 무엇을 중요하게 생각하는 지 잘 알 것 같아요. (커튼을 가리키며) 이런 즐거움이 있는 곳이죠. 그게 행복이라고 말하고 싶으신 건가요? 계산을 포기하고 유흥에 허우적대는 삶이?

김철수　하하하하.

● 정묵 : 미친 듯 웃음을 터뜨리는 김철수를 보면서 나일만, 되려 당황한다.

김철수　너무 사실을 말해서 반박할 수가 없네. 네 말이 맞아.

나일만　(당황해서 침묵)

김철수　나는 돈에 완전히 굴복했었어. 유흥이 행복이었지. 나는 일에 완전히 미쳐있었거든. 하얀 타임에 맛보고 오는 잠깐의 일탈, 그게 아니면 난 일만 하다가 죽어버렸을지도 몰라. 그런데 적어도 지금은 아니야. 난 네가 나처럼 살지 않았으면 좋겠어.

나일만　그래요? 저한테 그런 건 필요 없어요. 돈 자체가 행복이기 때문이거든요.

김철수　돈 자체가 행복이라고?

나일만　네. 돈을 생각하지 않고 어떻게 행복해질 수가 있어요? 돈 없이 행복할 수 있는 사람이 있기는 해요?

김철수　없지. 절대 없어. 하지만 돈이 행복의 전부는 아니잖아. 그 수단일 뿐이지. 네 말대로 사람들은 돈을 위해 이득과 손해를 따지려고 끊임없이 계산을 해. 그 안에 시간도, 꿈도, 믿음까지도 빼앗겨 버리지. 하루하루 계산하면서 돈을 쫓는 게 니가 생각한 행복이고 삶의 가치야?

나일만　네. 적어도 저한테는 그렇게 열심히 계산해서 돌아오는 돈이, 승

진이 행복이에요. 잘 나게 태어나지 않는 이상 사람이 사는 건 다 똑같아요. 평범하게 태어난 저에게 계산하지 말라는 건 뒤쳐져 바보가 되라는 말로밖에 안 들린다구요.

● 정묵 : 김철수, 잠시 말없이 담뱃불을 밟아 끈다. 그의 모습은 어쩐지 슬퍼 보인다.

김철수　맞아… 그게 너에게 주어진 최선의 답이겠지. 나는 그게 끔찍해서 견딜 수가 없어. 너. 그만 돌아가라.

● 정묵 : 나일만, 김철수에게서 등을 돌린다. 그때.

김철수　근데… 너 형민이 죽음 생각은 나냐? 사람들이 멀쩡한 게 무섭다며. 근데 이제 너도 그렇잖아. 너도 형민이 죽음이 이젠 슬프지 않잖아.

● 정묵 : 철수를 남겨둔 채 걷는 나일만. 하지만 발이 잘 움직여지지 않는다.
　　　어두운 골목에 혼자 남은 나일만은 골똘히 생각한다.

7장. 이마리와의 티타임

이마리　무슨 생각을 그렇게 해요?
나일만　아, 아무것도 아닙니다.

이마리 낙오자에 대해서는 아직…

나일만 네…

이마리 그래요.

나일만 마리님 드릴 말씀이.

이마리 낙오자에 관한 말인가요?

나일만 아, 그건 아닙니다…

이마리 우리, 다음에 다시 봐요

● 정묵 : 일만, 뒤돌아서는데.

이마리 일만씨 근데 그거 알아요?

나일만 네? 어떤 것을…

이마리 재판일까지 하루밖에 남지 않았어요. 나는 일만씨를 믿었는데…

● 정묵 : 차가워진 이마리. 나일만은 방을 나온다.

8장. 나일만의 혼란

● 재혁 : 공문이 붙었어.

● 정묵 : 오늘 하루는 공장이 쉰다네. 공장의 생산성을 저하시켜서
　　　　모두의 수당을 감소하게 만드는 '낙오자' 대표가 있대.

● 재혁 : 낙오자의 대표를 찾는 자에겐 승진이 된대!!

● 가은 : 나일만, 순간 정지한다. 웅성거리는 노동자들 속에서 나일
　　　　만의 팔을 누군가 채간다.

노동자 대지　일만아.

나일만　형님.

노동자 대지　형민 형님이 돌아가신 거 그거 다 대공장 놈들 짓이야.

나일만　네?

노동자 대지　사람들은 자살이라고도 하더라. 근데 자살이 아니야. 난 알 수 있어.

나일만　그때 똑똑히 제 눈으로 봤는데… 제 눈앞에서 뛰어내리셨어요.

노동자 대지　내게 연락이 왔어. 낙오자들의 대표로부터.

나일만　낙오자들의 대표로부터요?

노동자 대지　형민 형님은 이용당하고 버려졌다는 사실을 말해줬지. 하청업체에 강매를 한 걸 몽땅 형민형님 책임으로 만들어버렸다고! 그는 내게 진실을 알려줬어.

나일만　진실이 아닐 수도 있잖아요.

노동자 대지　네가 알 듯 나와 형민 형님은 하청업체 출신이야. 십년을 동고 동락했고 여기까지 올라왔지. 형민 형님은 자기 자식들을 위해서라도 버텨야겠다고 말한 사람이야. 형민 형님이 갑자기 죽은 게 너무 이상해. 도와줘, 일만아, 도와줘.

● 가은 : 나일만, 대지의 팔을 힘주어 붙잡는다.

나일만　형님. 힘드신 거 이해해요. 진정하고 이야기 해봐요. 누구예요. 형님한테 그 말 한 사람, 누구냐구요.

노동자 대지　(공포에 미쳐있음) 다음엔 나일지도 몰라. 나를 죽일지도 몰라. 내가 사실이 아니라는 걸 알고 있을까봐 그들이 나까지 죽일지 모른다고 했어. 그러려면 혁명이 있어야 해. 낙오자들의 대표가 말했어. 많이 모일수록 난 죽지 않을 수 있다고.

나일만　그가 누구죠.

노동자 대지   나는 그가 어떤 사람인지 몰라. (목소리 죽이며) 내일, 혁명이 있을 거라고 했어. 그 전에 모인다고. (손을 잡으며) 일만아. 너는 김철수를 설득해. 나는 더 많은 사람들을 설득할게. 고마워, 도와줘서 고마워.

● 가은 : 대지는 말을 마친 뒤에도 나일만의 손을 몇 번이나 붙잡고 사라진다. 노동자들은 한참 동안이나 웅성웅성 댄다. 그들은 낙오자의 대표가 누구인지에 대해 관심이 있을 뿐, 낙오자의 대표가 무슨 일을 하는지에 대해선 떠들지 않는다.

9장. 낙오자들의 대표

● 정묵 : 일이 모두 끝나고 찾아온 하얀 타임, 나일만은 이리저리 서성거리다가 방 안에 들어간다. 김철수가 있다.

나일만   형.
김철수   왜.

● 정묵 : 침묵.

나일만   (사이) 뭐 하나만 물어봐도 돼요?
김철수   뭐.
나일만   그때 왜 저를 유흥가로 데려간 거예요?
김철수   네가 궁금해 하는 것 같아서.

나일만 제가 뭘… 궁금해 했다는 건지…

김철수 너 새벽마다 잠 못 들어 하던데. 그리고 나갈 때 슥 쳐다보고.

나일만 아 알고 계셨어요?

김철수 그렇게 빤히 쳐다보는데 모르는 게 이상하지 않냐. 궁금한 게 해
결되었으니 자라.아무 생각 없이 잠을 자는 게 좋다잖냐.

●정묵 : 김철수, 방문을 나가려는데.

나일만 형님. 사실은 말씀드릴 게 있습니다. 그러니까…

●정묵 : 김철수, 돌아와서 나일만을 마주 보고 침대에 앉는다.

김철수 네가 할 얘긴 뻔하잖아. 낙오자 얘기 아냐?

나일만 (당황) 네? 아…

김철수 이마리가 낙오자를 너에게 찾아오라고 시켰잖아. 그리고 안대지
가 너한테 말했겠지.

나일만 그걸 어떻게 아셨어요?

김철수 내가 낙오자들의 대표야.

●정묵 : 나일만, 움직이질 못한다.

김철수 내가 낙오자들의 대표라고.

나일만 형님이 대표라구요?

김철수 그렇겠지. 유흥이나 하는 놈이 무슨 대표냐고? 나도 그렇게 생각
해. 나는 대표라고 말할 수 없는 놈이야… 대표라기보단 소심하게
진실을 폭로하는 역할이지.

나일만 어떤 진실이요.

김철수 우리가 생산적이라고 생각하는 모든 것들이 진리가 아닐 수도 있다는 진실. 그치만 네겐 여전히 돈, 돈이 중요하지. 아니야? 니가 했던 말이잖아? 돈이 중요하다며? 그래서 승진하고 싶다며? 아직도 그렇게 생각하지?

나일만 맞아요.

김철수 그런데 왜! 생산적으로 사는 모두가 똑같이 생산적인 결과를 얻지 못할까? 노동자들은 돈을 정말 열심히 벌어도 빚을 지게 되고 시간이 오래 걸려서야 그 빚을 겨우 갚게 되지. 심지어는 빚에 시달리며 평생 고통 받다가 죽는 경우도 허다하고. 대체 왜! 이 사람들은 생산적으로 살았는데! 결과를 얻지 못하는 걸까?

나일만 저희 노동자들은 노예다. 결국 노동자들은 행복해질 수 없다. 이 말씀 하시고 싶은 거예요?

김철수 그래 맞아.

나일만 마리님이 잠 안 자면 비생산적이라고 했는데. 그게 바로 오늘을 두고 말한 거네요. 전 형님이 왜 낙오자인 줄 알 것 같아요. 그런 걸 걱정할 시간에 일을 해야 하는 거라구요.

김철수 너는 그 여자가 한 말을 다 믿니? 지금 우리가 하는 대화조차 비생산적이라고 생각하냐고,

나일만 네. 일을 잘하려면 아무 생각 없이 일만 해야 하는 거잖아요. 다른 잡생각을 하면 일이 지연되어버리죠. 시간은 가는데 저는 어떤 효율도 못 내는 거라구요. 저는 시간 대비 가치 있는 일을 해내야 해요. 투자한 만큼 가치 있는 결과를 내야 하죠.

김철수 네 인생의 가치가 뭔데. 이득 손해 다 따져나가면서 낸 계산의 총집합? 그런 거야?

나일만 그건 어쩔 수 없는 계산이에요. 그리고 세상을 살려면 때론 계산을 잘해야 하죠. 저한테 기껏 하시려는 얘기가 도덕교과서 같은 얘긴가요?

김철수　네 말이 다 맞아. 우리가 사는 사회는, 계산을 잘해야 해. 그래야 살아남거든. 근데 진짜 그게 중요하냐고?

　　　　● 정묵 : 낙오자들, 아니 노동자들이 몰려가는 소리가 들려온다. 노동자들의 발걸음 소리가 가까워진다. 나일만 들려오는 소리에 문 쪽을 쳐다보는데.

김철수　너.

나일만　네.

김철수　나 이상하지 않았어? 내가 일을 적당히 대충 하는데도 공장에서 뭐라고 하지 않는 거.

나일만　이상했어요.

김철수　그거 내가 전에 일을 되게 잘 했었기 때문이야. 일에 미친 인간이었지 아주… 생산적이지 않은 걸 끔찍이 싫어했어. 내가 하는 일은 뭐든지 쓸모 있어야 했거든. 그리고 그에 대한 결과로 돈이든 무엇이든 얻는 거지. 근데 어느 날 난 그게 잘못됐다고 생각했어.

나일만　갑자기 그런 생각이 들었다구요?

김철수　(사이) 아니 사랑을 했어.

나일만　사랑이요?

김철수　한 여자를 사랑했어. 그리고 그녀도 쓸모 있길 바랬어. 그래서 미친 듯이 일을 시켰어. 계속, 계속해서. 그러다 그 여잔 결국 죽고 말았어…

나일만　형님이 죽인 거나 마찬가지네요.

김철수　맞아, 내가 죽였어. 그러나 나는 처벌 받지 않았어. 왜? 그 여자에게 손을 대지 않았거든. 사람들 눈엔 그 여자는 돈을 벌기 위해 일을 지나치게 한 것뿐이었지. 난 이 사회에 반감을 가지기 시작했어. 한 번도 살면서 불만을 가져본 적이 없었는데, 한번

시작된 불만이 모든 것을 노동자들에게 폭로해주고 싶은 열망으로 바뀐 거야.

● 정묵 : 김철수는 나일만에게 말하는 것이 아니라 혼자 떠드는 것처럼 보인다. 마치 세상 전체에게 말하는 것처럼.

김철수 정말 웃긴 건 뭔 줄 알아? 노동자들도 계산을 한다는 거야. 행복해지고 싶어서! 그러나 그들의 행복은 사회가 생각한 기준에 맞춰진 행복이지. 자신들도 모르면서 그렇게 기준에 맞추고 그렇게 살다가 어느 날 죽지. 그 여자도 모르고 죽었어.

나일만 형님, 저는 공부 열심히 해서 힘들게 대공장의 노동자가 됐어요. 안 그래도 적응하기 힘든데, 버텨야 하는데 형님의 이런 비생산적인 소리 듣고 싶지 않아요.

● 정묵 : 김철수, 나일만을 뒤로 하고 문 쪽으로 다가간다.

나일만 (사이) 저한테 말씀 안하시는 게 더 나으셨을 텐데… 밝히지 않으시는 게 더…

김철수 사실은 누구보다 네가 도와주길 바랬어. 형민이 죽음에 혼란스러워 하는 너 역시 우리와 같은 생각을 가질 수 있다고 판단했으니까. 그러나 그게 너에게 큰 강요라는 사실을 이제야 알았어. 사실은… 나도 계산을 하면서 내 계산을 너에게 들이밀었던 거야… (사이) 모든 진실을 이제 알았으니, 계산은 네 몫이야.

나일만 형님…

● 정묵 : 김철수가 나가고 나일만 혼자만이 방에 남겨진다.

10장. 나일만의 선택

E) 하얀 안개가 깔리고, 째깍째깍 시계 소리.

● 정묵 : 재판일 전날 밤.

나일만은 정처 없이 왔다 갔다 거리다가 침대 안으로 들어
간다. 비가 내린다. 빗소리에 나일만은 잠에 들지 못한다.
지옥 같은 밤, 폭풍우가 쏟아진다. 결심한 듯 이불을 박차고
나오는 나일만. 나일만이 계단을 올라가 당도한 방은 바로
이마리의 방이다.

● 정묵 : 잠시 후에 이마리의 방이 열린다.

이마리   지금은 점심시간이 아닌데.
나일만   마리님 지금 위험합니다!
이마리   들어와요. (사이) 오늘 낙오자들을 만난 거예요. 그렇죠?
나일만   오늘…

E) 천둥소리

나일만   반란이 있다고 했어요.

● 정묵 : 이마리, 골똘히 생각하는 것처럼 보인다.

이마리   그 사람들의 이름은?

E) 천둥소리

나일만 김철수입니다. 그 사람이 대표고, 그리고 그 옆에 안대지라는 사람이 있습니다.

이마리 그랬군요…

● 정묵 : 나일만의 몸이 심하게 떨린다. 이마리, 그런 나일만의 얼굴을 쓰다듬는다.

이마리 왜 이렇게 떨어요.

나일만 갑작스럽게… 몸살이 온 것 같습니다.

이마리 몸살로 떠는 것처럼 보이지 않아서.

나일만 마리님… 마리님… 저는 무섭습니다… 무서워요…

이마리 어떤 것이요?

나일만 모든 것이…

이마리 내가 전에 했던 말 기억나요? 걱정하는 것은 굉장히 비생산적인 일이라구… 지금 일만씨는 잘하고 있어요.

나일만 그들은 자신들이 회사에서 껌 같은 존재가 되어버렸다고 생각하고 있어요. 소처럼 열심히 일했지만 단물 빠지면 뱉는 그런 껌 같은 존재요.

이마리 낙오자들이 그렇게 생각하게 되었군요.

나일만 네.

이마리 우리가 충분하게 월급을 주지 못했나요?

나일만 아니오.

이마리 아니면 우리가 충분하게 추가 수당을 주지 못했나요?

나일만 아니오.

이마리 우리의 복지가 좋지 않았나요?

나일만　아니오.

이마리　좋아요, 그 모든 질문에 대해서 당신은 아니오라고 대답했어요. (나일만의 손을 잡으며) 이 무서움 역시 일만씨 잘못이 아니에요. 하지만 내가 이렇게 말했는데도 무서워하는 건 (사이) 잘못이에요

나일만　네…

이마리　고생했어요, 돌아가기 전에 나랑 약속 하나 해요.

● 정묵 : 이마리 알약을 하나 꺼낸다.

이마리　자 이 알약을 물과 함께 마셔요. 그리고 방으로 가서 한숨 푹 자면 돼요.

나일만　그렇지만 지금 위험하신데…

이마리　일만씨가 알려줬잖아요. 그러니까 괜찮아요.

● 정묵 : 이마리 알약과 물잔을 나일만에게 건넨다.

이마리　나는 약속을 지키는 사람이에요 일어나면 모두 잘 되어 있을 거예요.

● 정묵 : 나일만 망설인다.

이마리　어서요.

E) 천둥소리

● 정묵 : 나일만, 알약을 삼킨다. 그리고 비틀거리며 자신의 방으로 향한다. 비명소리가 들려온다.

이마리   기억해요, 절대로 뒤를 돌아보지 말아요.

그리고 무대 암전.

11장. 하얀 약속

● 정묵 : 완장을 찬 나일만.

나일만   마리님.

● 정묵 : 나일만 마리를 찾아 헤매지만 공장 안은 텅텅 비어 있다. 공
장반장 17호도 어디 사라지고 없다. 노동자들도 사라지고
없다. 나일만의 뒤로 이마리가 나타난다.

이마리   고생했어요 일만씨.

● 정묵 : 전보다 더 아름답고 우아한 것처럼 보이는 이마리. 그녀는
여전한 순백이며, 세상 그 무엇보다 순수하게 보인다.

나일만   아침이 되었는데 근무할 노동자가 없네요.
이마리   걱정하지 말아요. (나일만의 손을 잡아주며) 다시 새로운 노동자들
이 올 거니까요.

● 정묵 : 발자국 소리가 들려온다.

이마리 들려요? 저기 새로운 노동자들이 오고 있어요. (나일만의 어깨를 두드리며) 잘 부탁해요.

나일만 (이마리가 가리킨 쪽을 향해서) 나는 공장반장 18호다. 지금부터, '대공장'의 원칙을 알려주겠다. 여러분의 자유시간은 점심시간과 저녁시간 그리고 '하얀 타임' 밖에 허용되지 않는다. 하얀 타임은 노동자들을 위한 축복이다.

사이.
E) 째깍째깍 소리

● 정묵 : 다시 나일만에게 찾아온 하얀 타임

이마리 고생했어요 18호. 이제 들어가 취침할 시간이에요
나일만 잠이 오지 않아서…
이마리 걱정이 많아서 그래요, 이제 18호에게는 집과 차 모든 게 있죠. 걱정하지 말아요
나일만 예, 곧 들어가겠습니다.
이마리 그래요.

● 정묵 : 이마리, 나일만의 어깨를 토닥이고 나간다.
　　　 나일만, 이마리에게 인사 후 저 너머를 바라본다.

나일만 이상하다. 왜 아직도 잠이 오지 않지…

암전.

작가의 글 | 정소원

'좋은 취업'을 하기 위해 열심히 공부하고
'좋은 결혼'을 하기 위해 열심히 취업하고…

그런데 어느순간, 이 '좋은'은 철저히 "계산적"인 의미가 되어 버렸다.
'좋은 취업'은 곧 대기업, 공기업
'좋은 결혼'은 나와 스펙이 어느 정도 맞는 사람, 아니면 외모라도 내 이
상형에 가까운 사람…

사실 우리 모두는 행복하기 위해 '좋은 대학'을 가고
행복하기 위해 '좋은 직장'을 가고
행복하기 위해 '좋은 결혼'을 하려 한다.

그런데 어느 순간, 이 둘의 우선순위가 바뀌어 버렸다.
'좋은' 결과를 얻기 위해 행복을 포기하고 수많은 계산기를 두드리는 우
리들.
이런 사회현상에서 계산사회라는 소재를 착안했다.

"하얀 타임"은 야근이 당연시되는 우리나라 사회문화에서 착안했다.

당연히 보장되어야 하는 취침시간임에도 평소에 놀 시간이 없어 일 끝난 후에 거리를 헤매는 사람들을 보며, 그렇게 "하얀 타임"으로 진정한 행복이 아닌 지금 이 순간의 고통을 씻을 수 있는 일시적 유흥에 빠져버리는 사람들을 보며…

이런 현상들에 대해 직접적으로 보여줄 수 있었지만, 잔혹 동화처럼 비유적으로 보여주어 관객들에게 생각해보게 해주고 싶었다. 이용하고 이용당하고, 그런 계급은 정말 누가 만들어낸 것이며, 우리가 사회인이고 어른이라면 이런 계급과 "계산"하는 행위가 당연한 것인지도 같이 묻고 싶었다. 예술은 예술일 때도 아름답지만, 사회적인 것을 고찰할 수 있게 하는 것도 예술의 기능이니까.

계산기를 두드리는 기준은 각자의 몫이지만
그 값이 행복이라는 것에 동의한다면
먼저 행복의 본질적인 의미를 사유해보는 것이 어떨까?

나비 봄 꿈

신민경 지음

나비 한 마리가 은진을 유혹한다.
은진은 의아하게 나비를 보고 서 있다.
이내 나비에게 손을 가져다 대는 순간,

나비는 잡힐 듯하다 도망가고,

어느새 아름다운 나비를 쫓는 은진.
나비가 사라진다.
은진 여기저기 헤맨다.
다시 한 번 빛이 나는 그림.

■ 등장인물

은진　　미술사 전공의 평범한 대학생. 과거의 트라우마로 자신감이
　　　　없어 실도피와 몽상을 즐긴다.
현　　　학업, 대인관계, 취미, 뭐든 잘하는 만능주자. 자기 잘난 맛에
　　　　산다. 민폐와 답답함은 절대 못 참는다.
산신령　자칭 산신령. 은진을 환상의 세계로 이끄는 미스터리한 인물.
코러스　남 5, 여 5
무희　　남 2, 여 4

동양 미술사 조별 프리젠테이션 과제.
은진은 미술과 학생. 조용히 혼자 그림 그리는 게 좋아서 미술을 선택했
는데 프리젠테이션을 하란다. 난감하다. 현은 뭐든 잘하는 만능주자에
인기도 많은 학생. 은진과 짝이 돼서 미칠 것 같다.
은진과 현이 한 조다. 그들에게 주어진 그림은 나비, 그리고 미스터리한
인물. 동양화다.

■ 음악리스트

M1. 오프닝	연주곡.
M2. 차가운 바람이 불어오고	은진.
M3. 넌 정말 노답이야	현, 친구들, 조교.
M4. 나비의 여정1 (신나게 확장)	연주곡.
M5. 나는야 산신령	산신령, 나비들.
M6. 나는야 산신령 rep.	산신령, 나비들.
M7. 쾌락의 노래 노세	마을사람들.
M8. 치우의 저주	동백.
M9. 게이트의 노래1 운명시리즈	마을1 사람들.
M10. 얼음 꽃	마을1 사람들.
M11. 쾌락의 노래 노세 rep.	마을1 사람들
M12. 나비의 여정2 오르골 북연주	연주곡
M13. 두려움의 노래	제사장, 마을2 사람들.
M14. 환들의 노래	환대장, 환들.
M15. 환들의 노래 underscore	연주곡.
M16. 술주정 노래	제사장, 마을2 사람들.

M17. 게이트의 노래2 운명시리즈   제사장, 마을2 사람들.
M18. 나비의 여정3   연주곡.
M19. 산신령 독백 −얼음왕국 인트로   산신령.
M20. 설궁 처형의 노래   치우천왕, MC, 병사들,
                                마을사람들.

M21. 얼음왕자의 세번째 질문   치우천왕, MC, 병사들, 마을사
람들. 은진.
M22. 결혼의 노래   마을사람들.
M23. 나비의 여정4   연주곡
M24. 은진과 현의 화해   은진, 현.
M25. 게이트의 노래3 운명시리즈   마을사람들.
M26. 오르골   연주곡.
M27. 죽음의 노래   환들.
M28. 산신령의 솔로 + 환들의 합창   산신령, 환들.
M29. 은진의 성장   은진.
M30. 산신령의 안녕송   산신령.
M31. 다시 세상으로   은진.
M32. 피날레.   은진, 현, 친구들.
M33. 커튼콜

1. 알 수 없는 그림과 나

조명이 켜지면 은진 혼자 앉아있다. 스크린에는 프레젠테이션을 위한 그림이 떠있다.

은진 안녕하십니까? 이… 이 그림에서… 눈이 의미하는 것은… 아 진짜 모르겠다… (한숨. 중얼거린다) … 어?

울리는 듯한 소리와 함께 그림에서 잠깐 빛이 난다.
잘못 봤나 싶어 그림을 돌아보는 은진. 그림은 다시 그대로다.

은진 … 내가 잘못 봤나. 분명… (다시 연습시작) 이 그림은 조선시대 초기의 신선도… 다 비웃을 거야, 하기 싫다.

은진, 그림을 내려놓고 멍하니 허공을 본다. 차가운 겨울의 바람소리.

은진 춥다…

은진 (내레이션) 나는 자주 꿈을 꾼다.
분명 깨어 있는데도.
자꾸 꿈을 꾼다.
근데 나쁘지 않다.
아주 가끔씩 찾아오는 악몽만 아니라면…

[M2: 차가운 바람이 불어오고]
은진   멍하니 어딘가를 바라보면

찾아오는 나만의 시간
숨겨둔 세상이 나타나
아무도 모르는 나만의 세상

사람들이 걸어 다니는 영상이 천천히 시작된다.

차가운 바람이 불어오고
시작되는 나만의 몽상
두려운 세상을 벗어나
아무도 모르는 나 혼자만의 차가운 세상

영상 속 사람들의 발걸음이 빨라진다.

날 비웃는 현실 속 사람들,
날 미워하는 그 시선들
(그림을 보며) 내가 해내야 하는 숙제
(다시 관객들을 보며) 나에게 주어진 의무

영상 속 사람들 사라지고 무대 위에 사람들이 나타나 빠르게 걸어 다니기 시작한다.

벗어나고 싶어
혼자 있고 싶어
차갑게 얼어붙은 세상일지라도.
난 이곳에 이렇게 차갑게 얼어붙어…

사람들의 움직임이 느려지고

알 수 없는 그림과 나,

차가운 바람, 차가운 겨울

깨고 싶지 않아

난 이대로 제발 얼어붙어

다시 사람들의 움직임이 빨라지고…

은진   (내레이션) 그래도 현실로 돌아가야겠지.

조명이 바뀌고, 프레젠테이션 대회의 대기실로 무대가 바뀐다. 음악 out.

2. 수업 중에 닥친 난관

은진은 강의실에 현과 함께 앉아 있다.

학생들 각자의 자리에서 한창 연습 중이거나 떠들고 있다.

현   야 임은진! 멍 좀 그만 때려.

근태   정신 차려!

현   이 그림에서 눈이 의미하는 것은 그 부분부터 해 보라고 몇 번을 말해.

근태   몇 번 말해!

은진   이 그림에서 눈이 의미하는 것은…

근태, 동구, 어떻게 하나 보고 있다가 우물대는 은진에 킬킬거린다.

동구	아 쟤 뭐 하냐 진짜.
여진	아우 답답해.
은비	야 듣겠다.
근태	현이 형 진짜 불쌍하다.
현	(경악) 안 외웠어? 안 외웠냐고 (종이를 뺏어서 본다) 너 대본 고치란 것도 안 해왔네? 장난하냐?!
수연	임은진 또 저런다 또.
현	이게 얼마나 중요한지 몰라?! 어쩌자고. 곧 발표 시작인데.
은비	우리 현 오빠 화난 거 처음 봐. 멋있다.
여진	또 바꿨어?
은진	… 나도 해보려고 했어. 너한텐 쉬워도 난 원래 못하는데…
유림	와 진짜 뻔뻔해.
현	야, 임은진. 나한텐 쉽다고?
은진	아냐. 미안.
효주	나도 저번에 쟤 때매 학점 다 망했잖아
여진	거짓말하지 마.
효주	응 거짓말이야.
현	나는 뭐 딱하면 머릿속에서 나오는 줄 아냐? 나도 집에서 자료 다 찾아가면서 준비해 온 거야. 너는 뭐 했냐?

창훈, 현을 달래려는 듯 나온다. 잘 안되자 근태, 따라 나온다. 현 편을 드는 둘.

현	내가 자료 다 찾고. 대본 다 써주고. 피피티 다 만들어주고. 그냥 읽기만 하면 되는데, 그거 고치란 것도 안 해오고 뭐하는 거야!
조교	저… 연습시간… 1분 남았습니다.
근태	알았다고요!

조교	근태학생, 지각을 많이 하셨던데…
근태	아이, 조교님~
현	넌 최소한 민폐 안 끼치게 노력 좀 해. 알겠어?
여진	야, 그래. 대답도 해주고, 좀 그러자.

받치는 열에 한숨을 쉬는 현. 학생들, 은진과 현을 보며 웅성웅성 거린다.
은진, 홀로 어버버대다 결국 고개만 푹 숙인다.

현	잘 해 보겠다고 하든지, 뭐라고 말 좀 하라고.
은진	(미안한 듯) 헤헤.
친구들	대박 / 웃었어! / 지금 웃었어? / 와. 어떻게 저러지?…
현	미치겠다. 너 진짜 노답이다.

음악 in.

[M3: 넌 정말 노답이야]

현	이렇게 간단한 걸 못하는 너, 도저히 설명이 안 돼
	그냥 게으른 거야. 한마디로 넌 정말 노답이야

코러스	프리젠테이션 발표
	누구나 다 하는 프리젠테이션 발표
	프리젠테이션 발표
	누구나 다 하는 프리젠테이션 발표

현	남한테 민폐만 끼치는 너
	넌 정말로 딱 질색이야

(현의 멋진 프리젠테이션이 잠깐 들어간다)
        관련하여, 환이라는 존재가 나타나 마을 사람들을
        곤란하게 만들었던 설화가 있습니다.
        이 환들은 마을 사람들 근심 걱정 두려움이 형상화된
        존재라고 합니다, 함께 보시죠. (친구들 환호성)

현   (코러스) 자신감에 찬 눈빛
        씩씩한 목소리
        그럼 난 이미 프리젠테이션의 승리자. 하! 하 아

코러스   프리젠테이션 발표
        누구나 다 하는 프리젠테이션 발표
        프리젠테이션 발표
        누구나 다 하는 프리젠테이션 발표

은진   벗어나고 싶어
        현실인가 악몽인가
        혼자 있고 싶어. 현실인가

현   뭐라는 거야. 뭘 혼자 떠들어?
친구들   중증이다. 중증!

현	코러스 A집단	코러스 B 집단	은진
넌 정말 노답이야	넌 정말 노답이야	프레젠테이션 발표	
넌 정말 노답이야	정말 노답이야	누구나 다 하는 프레젠테이션 발표	제발
넌 정말 노답이야	넌 정말 노답이야	프레젠테이션 발표	그만 해
넌 정말 노답이야	넌 정말 노답이야	누구나 다 하는 프레젠테이션 발표	그만 해

노래 중 음악 번주되며 친구들 점점 괴기스럽게 변한다.

모두 넌 정말.

현 실패자. 패배자.

모두 넌 도망자.

현과 친구들 괴기스럽게 웃는다.

다같이 실패자! 패배자! 도망자!
은진 그만해!!!. (아니야!! 아니야!!!)

침묵. 바람소리.
현과 학생들, 다시 걸어 다니는 사람들이 되어 사라진다.
걸어 다니는 사람들. 영상 in.

은진 (내레이션) 어? 꿈속으로 들어왔다. 다행이다.
아무도 없는 나만의 공간
이대로 나는 혼자 얼어붙어…

마지막으로 그림과 주위를 바라보는 은진.

은진 (내레이션) 다시는 깨지 않을 거야.

나가려는 은진의 귀에 바람 소리가 들린다.
이때, 그림에서 빛이 나기 시작한다. 순식간에 얼어붙기 시작하는 그림.

은진, 놀라 뒤를 돌아본다.
음악 in. 나비 등장.

3. 트랜지션 1

[M4: 나비의 여정1]
나비 한 마리가 은진을 유혹한다. 은진은 의아하게 나비를 보고 서 있다.
이내 나비에게 손을 가져다 대는 순간, 나비는 잡힐듯하다 도망가고, 어
느새 아름다운 나비를 쫓는 은진.
나비가 사라진다. 은진 여기저기 헤맨다. 다시 한 번 빛이 나는 그림.
은진과 나비, 그림 속으로 빨려 든다. 조명 체인지.

어느새 수많은 나비 떼가 나타나 은진을 감싼다.
모두가 춤을 추며 은진을 어디론가 데려간다. 은진, 당황스러워 하며 말
려든다.
어느 순간 나비 떼, 은진을 던지면 은진, 쓰러져 기절한다.

4. 산신령의 소굴

이상한 산신령이 나타난다. 나비들, 산신령 곁에서 평화롭게 놀고 있다.

은진　여기가 어디지?

산신령　드디어 왔구나! 운명의 소녀여–!

은진　와… 임은진 이젠 별 이상한 꿈을 다 꾸는구나.

산신령　꿈? 이게 과연 꿈일까? (가리키며) 앗! 저기!

은진, 그쪽을 쳐다본다. 산신령, 은진을 때린다.

은진　아! 아파요.

산신령　이건 현실이다!

은진　아, 뭐야.

산신령　그동안 참 많은 세월 구조 요청을 보냈는데 유일하게 너만이 이 신선도에 도착했다. 정말 눈물이…

은진　신선도요? 우리 그림?

산신령　우릴 구해다오. 너만이 할 수 있다. 어서 치우천왕의 저주를 풀어줘.

은진　치우? 뭐요? 저 가볼게요. 안녕히 계세요.

은진, 길을 찾지만 어딜 봐도 길이 없다.

은진　아저씨! 여기 나가는 길이…

산신령　신선도 속의 모든 길이 얼어버렸다.

은진　말도 안 돼. (좋아요, 신선도라 치고) 아니 그럼, 절 불렀으면 다시 내보낼 수도 있을 거 아니에요. 저 좀 다시 보내줘요!

산신령　널 부르느라 공력을 다 써버렸다.

은진　맙소사. 꿈일 거야. 이건 꿈이야.

산신령　저길 봐.

은진, 산신령이 가리키는 곳을 본다. 산신령의 손짓에 따라 영상이 펼쳐
진다.

산신령   어언 삼천 년 전 이 땅은 참 아름다웠지. 그런데 그가 나타났어.
끔찍한 얼굴의 얼음왕자 치우천왕. 이 땅은 저주에 걸려 차갑게
얼어붙었다.

은진   얼음은 보이는데…

산신령   이곳 사람들은 너무도 처참한 삶을 살아가고 있다. 신선도에 올
수 있었던 그대, 운명의 소녀여, 운명의 상대를 만나 치우천왕의
저주를 풀어다오. (영상 out)

은진   저 운명의 소녀 그런 거 아니구요. 무슨 저주를 자꾸 풀으라고…
대체 누구세요?

산신령   내가 누구냐구? 나는 이 신선도의 원래 주인, 산신령!

[M5: 나는야 산신령]

산신령   나는야 산신령

    나비들과 노닐지

                나비떼   무릉도원의 number one hot guy

    나는야 산신령

    달그림자와 춤추지

                나비떼   무릉도원의 number one hot guy

    술 한 잔 걸치면

    세상 부러울 것이 없지

은진, 산신령 노래에 정신이 팔렸다가 도망치려 한다.
선녀들과 나비떼, 은진 앞으로 등장해 춤을 춘다.
은진, 이리 치이고 저리 치이다가 산신령에게 말려든다.

어언 삼천 년 전 햇살은 따스하고
향긋한 꽃내음에 나비들 날아들었지
그러나 그가 나타났어.
꽃과 나무 얼어붙고 눈과 얼음 녹지 않아

나비떼　치우천왕

산신령　얼음의 왕자

　　　　　　　나비떼　bad guy

겨울을 잡아두고
냉정하고 잔인하게
이곳을 지배하는

나비떼　치우천왕

산신령　얼음의 왕자

　　　　　　　나비떼　so bad guy

산신령, 갑자기 진지해지며

운명의 그대
운명의 상대를 만나
운명을 만나리니
모든 것을 잃었을 때
모든 것을 얻으리라.
얼음을 녹여 불로 만들라

나비떼   FIRE! FIRE!

그대는 나의 FIRE!

산신령   돌아오라 나의 봄!

엄동설한 지내온!

모든 이들 심장마저 얼어버린 이곳!

삼천 년간 얼음 속에 갇혀버린 이곳!

얼음 왕국 Frozen world!

나비떼   얼어붙은 나비 자비를 바라지 마

얼음의 왕자 치우 죽음의 길로 츄~

산신령   내가 사는 이곳 누각

구해주나 대체 누가

찾아왔네 엄동설한

찾아왔어 그대가!

운명의 소녀예! 그를 물리치고 신선도를 찾아줘!

You are my pop girl! Yeah~!

은진   저 여기서 나갈래요. 저 좀 보내주세요!

산신령   집에 가고 싶어? 그럼 풀어. 뭘? 치우천왕의 저주를. 누구랑? 운명의 상대와.

그때, 게이트가 생긴다.

산신령   (놀라며) 길이 열렸다. 삼천 년 만에!

은진 저기로 가면 집에 갈 수 있어요?

산신령 설궁으로 가는 길이다.

은진 살려주세요! 거기 누구 없어요? 여보세요!!

산신령 치우. 묶어놓았다. 겨울을. 많이 하고 있다. 몹쓸 짓을. 녹여라. 얼음을. 이겨라. 치우를! 젠틀하게 모셔.

은진, 나비떼들에게 떠밀려 게이트로 간다.

산신령 방심하지 마. 절대. 얼어붙는다. 남은 최후의 것까지. 방심하지 마.

[M6: 나는야 산신령 rep.]

산신령 돌아오라 나의 봄!
엄동설한 지내 온!
모든 이들 심장마저 얼어버린 이곳!
삼천 년간 얼음 속에 갇혀버린 이곳!
얼음 왕국 Frozen world!

나비떼 얼음 왕자 Frozen world!

산신령 그를 만나 모둘 구할
You are my pop girl!

5. 에피소드1 – 쾌락의 마을

한껏 치장한 마을 남자들과 여자들, 어울려서 놀고 있다.
술과 유희의 장이 벌어진다.

[M7: 쾌락의 노래– 즐기자]

마을 사람들   노세 노세 노세 노세
　　　　　범은 죽어서 가죽을 남겨
　　　　　우린 죽어서 이름 하나
　　　　　남겨서 무엇 하리 그 따윌
　　　　　언제 내 모가지가 날아가도 그저

　　　　　노세 노세 지칠 때까지
　　　　　노세 노세 문드러질 때까지
　　　　　못 놀 이유는 없어
　　　　　즐겁게 춤을 춰

창훈, 효주   오– 두 손에서 반짝이는 것들
　　　　　오– 입 속에선 향기로운 것들
　　　　　지쳐서 나른해질 때까지
　　　　　이 한 몸 문드러질 때까지
　　　　　즐겁게 춤을 추세
　　　　　끝이 오면 못 노나니

모두   노세 노세 지칠 때까지

노세 노세 문드러실 때까지

유림   세상엔 멋진 남자들 많고

근태, 동구, 만호   꽃도령. 선비님. 상남자!

현지, 은비   이쁜 여자들 수두룩 빽빽
            뭘 고민하시는지
            거기 선남선녀들

모두   두 눈을 감아봐
        인생 별 거 없어
        우-우우우
        인생의 진리를 찾고 싶다면
        모두 함께 즐겨봐.

은진   뭐야 여기. 어머… (은진 놀라 숨는다)

모두 춤을 추기 시작한다.
은진, 고민 끝에 용기를 내서 다가간다.

은진   저기요! 저기요!! 저기요오!!!

마을 사람들 춤을 너무 열정적으로 춰서 지친 듯 탈진한다.
음악, 뚝 끊긴다.

은진   죄송하지만, 설궁이 어딘지 아시나요…? 무슨 치우…

은방울	치우천왕이요?
은진	맞아요! 치우천왕. 그 저주를 풀어야 여기서 나갈 수 있대서…

마을사람들, 일제히 치우천왕이라는 소리에 얼어붙는다.

은방울	치우천왕! 저주! 하하하. 알게 뭡니까. 어차피 우린 곧.
은진	네…?
은방울	아니. 우리 생각하지 말아요. 지금이 중요해요.
목련	(은비) 아가씨. 우리 마을엔 즐거운 일만 가득하거든요.

사람들, 은진을 데려가서 춤을 춘다.

은진	저는 길을 가야되는데.
효주	춤을 춰 봐요. 즐겁지 않나요?
여진	동동댄다고 할 수 있을까요?
만호	길은 아주 멀고.
현지	걱정에 머리만 아파지거든요.
만호	잠깐만 그렇게 있어 봐요.
은진	적어도 여긴 악몽은 아닌가 보지?

현, 지나간다.

현	저, 실례지만 길 좀 묻겠습니다.

은진과 현, 눈이 마주친다. 놀라 까무러치는 둘.

은진	최현!

현	뭐야. 너 여기서 뭐해?
은진	어… 나비가 너무 예뻐서 따라왔다가 …
현	너도?? 나도 그 이상한 나비 떼에 휩쓸렸어.
여진	두 분 아는 사이세요?
현	네. 뭐… 그런데 여기가 어디죠?
여진	즐거운 선남선녀들의 마을이죠. 자, 이리로.
현	네?

현까지 함께 춤추자고 하는 사람들. 은진은 현을 외면하려 한다.
현, 은진을 끌고 나온다.

현	아뇨. 전 괜찮아요. (은진에게) 야, 지금 놀 때야? 돌아가야 돼. 어디야 여기?
은진	여기, 신선도 속이래.
현	뭐? 신선도?
은진	치우천왕이, 설궁에 있는데… 가서 저주를 풀어야 나갈 수 있대.
현	무슨 말도 안 되는…
은진	아까 이상한 아저씨가, 산신령이라고 하면서…
현	(머리가 복잡하다) 일단 여기서 나가자..
은진	길이 없어. 아, 몰라. 복잡해. 나 그냥 여기서 놀래. (도망치려한다)
현	야, 잠깐만.

현, 사람들 사이로 도망치려는 은진을 억지로 잡는다. 은진이 들고 있던
꽃이 떨어진다.
동백, 꽃을 주워든다.

동백	이 꽃은… 여러분! 운명의 소녀예요! 치우의 저주를 풀어줄 운명

의 소녀가 왔어요! 아가씨와 도령이 바로 운명의 소녀와 그 상대 예요.

은방울　동백아. 그만.

현　(은진과 자신을 가리키며) 운명의 소녀와 그 상대요?

동백　우리에겐 예언이 있었죠. 운명의 소녀와 운명의 상대가 만나는 바로 그날 밤.

근태　(비웃으며) 운명의 소녀와 운명의 상대가 만나는 바로 그날 밤.

동백　밤하늘엔 보름달이 뜨고.

은비　(비웃으며) 밤하늘엔 보름달이 뜨고!

동백　얼음은 녹아 꽃이 피고.

유림　(비웃으며) 얼음은 녹아 꽃이 피고.

은방울　(비웃으며) 마침내 봄이 올 것이다? 하!

동백　이제 보름달만 뜨면!

사람들　(비웃으며) 보름달만 뜨면!

동백　은방울아. 너도 봤잖아. 모두 이 꽃을 보셨잖아요.

은방울　그것도 모두 헛된 희망일 뿐.

사람들　하하하.

동백　이대로면 치우천왕이 우릴 모두 죽일 거라구요!

은진　도대체 무슨 일이 있었는데요?

음악 in. 사람들, 불현듯 과거의 기억에 얼어붙는다.

[M8: 치우의 저주]

동백　삼천 년 전 이곳에 가득했던 꽃

　　　　그러나 치우의 저주가 시작돼

　　　　얼음이 내리자 따뜻하던 곳

자디찬 얼음에 묻히고 말았네

그 위에 남은 건 한 송이 꽃

눈앞에는 죽음이 닥쳐왔죠

아무도 일을 할 수 없어

제대로 살 수도 없어.

하나둘 사람들은 치우에게 잡혀가고

내 차례는 언젤까

언제 올지 모르는 죽음만 남은 채.

음악 out. 다시 춤을 추는 사람들.

은진　　그래서 춤을 추는 거라구요…?

동백　　이제 달만 뜨면!

유림　　달? 달은 삼천 년간 한 번도 뜨지 않았지.

은방울　그래. 수련아, 네 말대로면 이제 달을 띄우시겠구나.

사람들　(비웃음) 어디, 달을 띄워 봐. 띄워 봐!

동백　　운명의 소녀와 운명의 상대여 달을 띄워주오.

현　　　빨리 뭐라도 해 봐.

은진　　내가…? 보름달아 떠라 참깨.

동백　　한 번 더.

은진　　보름달아 떠라, 참깨! 나, 못 해… 네가 해. (현에게 꽃을 준다)

현　　　보름달아, 떠라! 보름달아, 떠라. 이런다고 달이 뜨는 게 말이 되
　　　　냐고. 그래, 여기 그림 속이니까, (대충 꽃을 휘두르며 비꼰다) 이렇
　　　　게 달을 그리면 잘도 뜨겠네.

음악 out.

이때, 밤하늘에 커다란 보름달이 뜬다.

동백	달이 뜬다!
은방울	말도 안 돼.
여진	삼천 년 만에 보름달이…
은진	세상에.
현	야, 진짜 떴어.
동백	(기쁨에) 운명의 소녀와 운명의 싱대여, 치우천왕의 얼음을 녹여 우리를 구해 주오!
은진	그… 어디로 가야 되는지도 모르는데…
현	그래서 설궁 가는 길이 어딘데요? 제가 갈게요. 저도 일단 치우천왕인지 뭔지 볼일이거든요.
동백	여러분. 우리 길을 열어요. 치우천왕에게로 가는 길.

놀라있던 사람들, 길을 열자는 말에 흔들리지만 다시 부정하려 한다.

은방울	또 실망할 거야.
동구	너무 끔찍해.
유림	당장 모두 죽을 거야. 잔인해.
효주	생각하기도 머리 아파.
동백	우리 한번만. 정말 마지막으로 한번만 더 믿어보면 안 돼?
현	(앞으로 나선다) 보름달도 떴잖아요. 언제까지 춤만 출 거예요? 설궁 제가 간다구요.
현지	한번 더 기대해도 될까?
만호	한번 더 현실을 생각해도 될까?
사람들	한번 더 희망을 가져도 될까?
현	얼마든지 기대하세요. 전 어차피 꼭 돌아갈 거니까! 그래서 길은 어떻게 열어요?
은진	그 설궁으로, 가는 길을 열 수 있다는 거죠?

사람들, 서로를 마주본다. 은진, 자신만만한 현이 어쩐지 부럽다.

은방울   운명의 소녀와 그 상대여. 길을 따라가시면 그 끝에 설궁이 있답
니다. 부디 얼음을 녹여주오!

사람들   운명의 소녀와 그 상대께서 우리를 구원하러 길을 떠나신다!

[M9: 게이트의 노래1 운명시리즈]
마을사람들 운명의 그대

　　　　　운명의 상대

　　　　　치우천왕에게로

　　　　　얼음을 녹여주오

사람들, 길을 열어준다. 당당하게 길을 따라가는 현.
은진, 잠시 망설이다가 곧 따라간다.

은진   잠깐만! 같이 가.

그리고, 그들이 지나간 후, 월식이 일어나듯 어둠 속으로 사라져 버리
는 달.

동백   달이…!

무너지는 마을 사람들. 다들 곧장 웃으며 일어난다.
시니컬하게.

은방울   달이 사라졌다.

사람들   달이 사라졌다!

동구   우린 안 될 거야.

근태   얼음은 녹지 않을 거야.

은비   봄은 오지 않을 거야.

동백   영원히!

마을사람들   영원히!

음악 in.

[M10: 얼음 꽃]

마을 사람들 끝은 어딜까

생각하지 마

말하지도 마

우린 그저 즐겁게

눈을 감아 머릴 비워

쾌락으로 마음을 채워

현실은 살지 마

꿈만 꾸는 거야

그게 바로 우리의 운명이야

산신령 실루엣 영상 in.

산신령   동쪽 산 위에

나비가 날아든다.

그러나 4월은 아직 피어나지 않았고

눈도 녹지 않았다.

사막에서 바다까지
천 개의 목소리가 속삭이는 소리,
그대 듣지 못하는가?
내게로 오라!
모든 것이 피어나고
찬란히 빛나리니

영상 out.

[M11: 쾌락의 노래 rep.]

사람들 다시 신나게 춤추며 퇴장. 음악 out.

6. 인서트1

[M12. 나비의 여정2 오르골 북연주]

꿈인지 생시인지 모르는 길을 따라가는 은진과 현
음악이 기이한 느낌으로 바뀌며, 과거 친구들의 목소리가 들린다.
은진, 홀린 듯 그들을 따라가려 한다.

목소리1 은진아! 너희 엄마 아빠 오셨더라!!
목소리2 오늘도 너무 기대돼. 잘 할 수 있지?
목소리3 은진아, 평소처럼만 해! 너가 제일 잘하잖아.

목소리들 (괴이하게) 은진아, 왜 그래? 왜 그래? 왜 그래?

북 연주 점점 거세진다.
먼저 앞장서갔던 현, 다시 나타나 은진을 일으켜 세운다. 둘은 길을 계속
해서 걷는다.
북, 음악 멈춘다. 음악 out.

은진 바람소리가 느껴져.

바람소리 in. 그때 게이트가 나타난다.
뛰어 들어가는 두 사람.

8iii147//북 연주 마무리된다.
두려움의 노래 in.

7. 에피소드2-두려움의 마을

[M13: 두려움의 노래]

A   무서워

B   두려워

C   뭐가 지나갔어

D   뒤를 조심해

마을사람들 끊임없이 계속되는 공포,

어이 거기 너! 뒤를 조심해

제사장   여러분, 의식을 펼칩시다. 우리가 이겨내려면 그 길밖에 없어
요. 자, 모이시오.

굿을 하는 그들

현   여긴 더 이상한데? 분위기가 영 음산해. 잘못 왔나봐.

은진   가자. 진짜 이상해.

A   제사장님

B   제사장님

C   이러면 좀 나아질까요?

마을사람들 그래도 무서워요.

그래도 두려워요

우린 언제 끝날까요?

그 날은 언제 올까요?

제사장   언젠가는 끝이 나리

그때까지 우린

끊임없이 두려워해야 해.

그날까지

그것이 우리의 운명이야

마을사람들 그것이 우리의 운명이야

현   여기밖에 없잖아.

은진   이 길이 맞아.

| 현 | 뭔가 불안한데… |

현, 은진, 마을에 도착한다.

마을사람들	환이여 오지 마오
	제사장	제발
마을사람들	환이여 오지 마오
	제사장	우리에게로
모두	환이여 오지 마오

마을 사람들 안심하고 다시 뒤로 도는데

| 현 | (다가간다) 안녕하세요! |

사람들, 패닉한다.

제사장	환이다.
수연	끝이 왔나 봐.
만호	지금인가 봐.
제사장	여, 여러분 진정! 두려워할수록 환들 더 세짐. 용기 패기 눈빛. 씹어!
은진	환? 환이요? 저, 저희는 아니에요.
제사장	거짓말. 안 속음.
현	환인지 뭔지 착각하신 거라구요! 저희 그냥 학생이에요.
제사장	학생? 학생? 위장한 환.
현	아니 그게 아니라.
제례장	빛의 기둥! 촤촤촤촤촤.

사람들, 힘을 모아 결계를 만든다. 은진, 현, 그 안으로 들어가라는 사람
들의 눈짓에 들어가 본다.

모두   오오.
제례장   우리가 환을 잡았다!!!
모두   올롤롤롤로!
효주   근데! 왜 안 사라지죠?
제례장   고것이…

현과 은진, 눈치 보다가 다시 결계 밖으로 나간다.

모두   으악.

다시 모이는 사람들. 다같이 패닉.
그때, 불이 깜박이며 어두워진다.

사람들   설마!
은진   차가운 바람.

급습하는 환의 무리들.

[M14: 환들의 노래]

환   어디서 달콤한 냄새가 나네
        어디서 섹시한 냄새가 나네
        허기진 환들을 불러내는 냄새
환의 대장   안녕 여러분 오늘도 어김없이 우리가 왔어

(비웃으며) 환이여 오지 마오~ 환이여 오지 마오~낄낄낄

근심 걱정 두려움 불안!

온갖 후회와 절망!

부르면 빠지 않고 나타나지

우린 바로 죽음의 그림자! 환!

사람들   너무 무서워! 살려줘! 엄마 나 죽기 싫어!

제사장   물렀거라 이 환아!

환들   캬악!

현과 은진도 패닉해서 얼어붙는다.

마을사람들, 겁에 질려서 패닉한다.

환들, 활개치고 다니며 마을 사람들을 잡으려 하면 마을 사람들 기절하

거나 도망간다.

환의 대장   널 데려가겠어.

　　　　　우리의 그 분에게로

　　　　　널 데려가겠어

　　　　　죽음의 그 분께

환들   어디서 달콤한 냄새가 나네

　　　　　어디서 섹시한 냄새가 나네

　　　　　어디서 달콤한 냄새가 나네

　　　　　어디서 섹시한 냄새가 나~

　　　　　더 무서워 해~ 더!

　　　　　하하하하하

환들 사라진다. 황당한 상태로 남겨진 은진과 현.

산신령 술 마시며 지나간다.

산신령 어디서 달콤한 냄새가 나네~~ 오오! 운명의 소녀여, 드디어 운명의 상대를 만났구나! 힐끗!

은진 아저씨!

최 현 그 이상한 아저씨?

은진 응.

산신령 아저씨 아니고 산신 힐끗! 얼른 서둘러 힐끗!

은진 아저씨, 지금 환들 때매 난리도 아니에요, 다음 길만 좀 가르쳐주세요. 여기 너무 무서워요!

현 (은진에게) 잠깐, 다음 길 아까처럼 저 사람들이 열어주는 거 아냐? 그래! 저 환들을 없애만 주면… 야, 이 아저씬 버려. 내가 해결하겠어!! (환들 쪽으로 뛰어간다)

은진 야! 잠깐만.

산신령 풋내기한테 이런 취급이나 받고… 잃어버린 내 삼천 년!

은진 미치겠네 진짜. 그만 좀 마셔요! (뺏어서 홧김에 마신다)

산신령 내가 근심걱정이 많아서 그래.

은진 어? 근심, 걱정, 불안… 아저씨, 저기 좀 보세요. 죄송해요!!

은진, 산신령의 호리병을 들고 뛴다.

산신령, 태연하게 사라진다.
공간 변화. 환들을 피해 우르르 도망쳐온 마을사람들 등장.

제사장 (도망쳐 오면서) 여러분! 제사! 환들 이긴다. 환이여 오지 마오~
마을사람들 (겁에 질려서 따라한다) 환이여 오지 마오.

도중에 현 등장.

헥헥대던 현, 결심한듯 도망치는 마을사람들 앞으로 나선다.

현   여러분! 그런 제사의식은 소용이 없어요.

사람들   으아악!

제사장   아니! 아까 그 외지인!

여진   그 말을 어떻게 믿음.

효주   외지인이 뭘 앎.

은비   삼천 년 동안 이러고 삶.

현   그걸 하는데도 환들이 나타나는 거 보셨잖아요. 제가 사는 데에도
        환 같은 게 있어요. 물리치는 방법 제가 알아요. 암튼, 한번 해보
        기나 해요! 네?

제사장   외지인, 믿어본다!

효주   제사장님!

현   자, 따라하세요. 하느님 아버지의 이름으로… 우리에게 안녕과 평
        화를 가져다 주옵시고… 환들을 물리쳐 주옵시고…

사람들   하느님 아버지의 이름으로… 주옵시고…

환들의 등장을 연상케 하는 음악이 깔린다. 사람들 두려움에 벌벌떤다.

제사장   또 나타났잖아!

은진   (한가운데로 뛰어 들어오며) 술!!!

사람들, 다들 멀뚱히 은진을 쳐다본다.

현   너라도 도망가! 너라도 도망가.

제사장   같이 가.

현	어딜 같이 가.
은진	답을 알았어! 술이야!
여진	아니, 술이 대체 뭔데…?

은진 사람들에게 3번 술을 뿌린다.
사람들 어느새 얼큰하게 취했다.

[M16: 술주정 노래]

A	꼴딱
B	한 모금
C	꼴딱
D	두 모금
A,B	무언가 슬슬슬
C,D	눈앞이 빙빙빙
현	내가 모르던 세계
	내가 모르던 반쪽 세계
	모두 새로운 세상이네
	야! 얌마! 너 일루 나와!

은진은 현에게 정신 차리라고 말한다.

A	이히히 오호호
B,C,D	으헤헤 아하하

마을사람들 자꾸만 웃음이 나네
　　　　　　　인생 뭐 별거 없네

올 테면 와봐!

더 이상은 두렵지 않네!

비틀거리고 흥얼거리며 환들, 어느새 사라진다. 음악 out.

수연	어? 없다! 없어!
효주	제사장님~!!
사람들	환들이 사라졌다!!
현	뭐야. 없어졌어?
은진	내가 해냈다.
제사장	(인터뷰) 환 물리침. 비결. 완전 운명의 소년줄… (꽃 발견) 잠깐. 운명의 소녀? 상대?
현	운명의 그거! 저 맞는데, 설궁 제가 가야되는데, 길 좀 열어주세요.

[M17: 게이트의 노래2 운명시리즈]

마을 사람들 운명의 그대

운명의 상대

치우천왕에게로…

만호	에이씨이이이..
현	아니 주문을 끊으면 어떡해요!
만호	나쁜 놈… 너무 무서웠어~~~
은진	걔 대체 뭔데요?
제사장	그놈은… 아무도 알아맞추지 못하는 퀴즈 사람들 죽임
수연	그거 디게 어렵대매.

제사장	하지만, 운명의 소녀 상대라면 문제를 풀 수 있을지도 모름.
사람들	인정? 인정.
현	앤 몰라도 전 풀 수 있음. 앤, 퀴즈, 절대 못 품!
은진	뭐냐?
현	암튼. 그 문제를 풀면 여러분을 구할 수 있다는 거죠?
사람들	완전 감사~
현	제사장님.
제사장	상대.
현	길 좀 열어주세요.
제사장	다시 준비.

마을 사람들 　운명의 그대

운명의 상대

치우천왕에게로

얼음을 녹여주오

사람들	안녕~
은진	야. 이거 하나는 알아둬라. 이번에는 내가 해결했거든?!
현	우연히 얻어 걸린 거겠지! 발표 때 말도 못하는 게 문제 풀겠냐.
	(흉내) 이, 이, 나비, 나비.
은진	너 말 다했어?!
사람들	싸우지 마~
현	나 혼자였어도 됐는데, 왜 너랑 계속 같이 가야 되는 거야.
은진	누군 같이 가고 싶대?! 길이 하나니까 그렇지.

은진, 현, 길을 따라 나간다.

| 사람들 | 무서워. 두려워. 뭔가 지나갔어. |
| 제사장 | 여러분! 새로운 제사! 술! |

마을 사람들, 술을 뿌리며 퇴장한다.
산신령 잠깐 등장했다가 게이트 쪽으로 나간다

8. 인서트2

은진과 현, 길을 간다. 이번엔 두 갈래 길이다.
서로 다른 길로 향하는 둘. 산신령, 그런 그들을 지켜보고 있다.

[M18. 나비의 여정3]
[M19. 산신령 독백 얼음왕국 인트로]

산신령	그렇게 갈라지고
	그렇게 헤어지고
	인생은 선택의 갈림길
	어느 쪽을 선택할까
	고민은 계속되고
	그렇게 위험은 다가오고
	치우의 문제를 풀어
	모든 것을 해결하리.

음악 잠시 멈춤.

바람소리가 들려온다. 점점 더 거세진다. 은진, 주변을 둘러본다. 웃음소리, 비명소리, 치우를 외치는 소리. 은진, 치우에게 가까이 왔음을 느낀다. 마침내 나타나는 빛(문, 게이트) 은진. 심호흡을 하고 그 문을 연다.
음악 다시 시작.
얼음왕국의 배우들 천천히 조각상처럼 등장한다.
등장이 완료되면

얼음이 녹고 말리.

9. 에피소드3-설궁

[M20: 설궁 처형의 노래]

마을사람들　오늘도 어김없이 시작되는
　　　　　신나는 무서운 이상한 이 일
　　　　　문제만 맞추면 얼음이 녹고
　　　　　끝없는 겨울이 가고
　　　　　봄이 올 텐데
　　　　　누군가 제발 우리를 구해줘.
　　　　　끔찍한 얼굴의 얼음왕자

도전자　치우천왕! 더 이상은 두고 보지 않겠어!
마을사람들　세상에!
MC　자 오늘도 문제를 시작합니다. 아는 사람이 삼천 년간 아무도 없

었던 이 수수께끼 쇼에 오신 걸 환영합니다. 어디 사는 누구시죠?

도전자 쾌락의 마을의 금방울…

MC (듣지도 않고) 첫 번째 문제요!

MC 맞추면 그대는 갖고 싶은 모든 걸 갖게 되지만

만약 맞추지 못한다면 뒷감당은

자신의 목숨으로 하시오

병사들 한 명 또 한 명

끝없는 도전

우리에게 주어진

그대의 미래

도전자 답은. 꿈!

MC 네! 오답입니다!

이곳저곳에서 탄식이 흘러나온다.

치우, 몸을 드러낸다. 사방이 조용해진다.

치우 놀랍도다. 아주 우습도다. 삼천 년의 세월이 흐르는 동안 아무도 내가 내는 문제 하나를 못 맞추다니.

도전자 제발 살려주세요

치우 저놈의 목을 쳐라!

도전자 안 돼!

병사들, 다시 앞으로 행진. 병사들 underscore in.

은진, 처형 장소에 나타난다.

한쪽에 엎드려 있는 사람에게.

은진　여기가 설궁이 맞나요?
마을사람　그래. 설궁을 모르는 게 말이 돼?
은진　치우천왕은 어딨죠?
마을사람　저 분이 치우천왕이야.
은진　치우천왕…

은진, 치우를 노려본다.
결국 도전자, 붙잡혀서 목이 베인다.
연결하여 도전자2, 3, 4 처형 반복

병사들　한 명 또 한 명
　　　　　끝없는 도전
　　　　　우리에게 주어진
　　　　　그대의 미래.
마을사람들　오늘도 시작되는
　　　　　무섭고 신나는 이 일
　　　　　문제만 맞추면 얼음이 녹을 텐데
　　　　　누군가 우리를 구해줘
　　　　　끔찍한 얼굴의 얼음왕자
병사들　한 명 또 한 명
　　　　　끝없는 도전
　　　　　얼음 위에 떨어진
　　　　　빨간 핏자국

은진, 처형 장면에 끔찍해한다.

음악 멈춤. 차가운 바람소리 가득하다. 그 가운데 서 있는 치우.

치우천왕 더 이상 이놈들처럼 되고 싶은 사람 없소?

사방이 조용해진다.

치우천왕 오늘은 이만하겠다.

치우, 뒤돌아 퇴장하려고 하는 순간.

은진 잠깐!

은진, 사람들을 헤치고 앞으로 나아간다.
치우, 그러한 은진을 쳐다본다.
음악 다시 시작.

[M21: 얼음왕자의 세 번째 질문]

치우천왕 또 한 번 놀랍도다

은진 삼천 년간 뭔 짓거리를 한진 모르겠지만, 오늘로 넌 끝이야!

문제가 시작된다. 북소리.

치우천왕 문제는 셋, 죽음은 하나

은진 수수께끼는 세 가지고 목숨은 단 하나뿐이지.

치우천왕   문제를 시작하라!

　　　　마을 사람들

　　　　오늘도 시작되는

　　　　무섭고 신나는 이 일

　　　　문제만 맞추면 얼음이 녹을 텐데

MC　　첫 번째 문제요.

　　　　밤이 되면 무지갯빛으로 새로이 태어나

　　　　그러나 아침이 되면 흔적 하나 없이 죽는 이것

　　　　이것은 무엇인가

병사들　한 명 한 명 한 명 또 한 명

　　　　한 명 한 명 한 명 또 한 명

첫 번째 마을의 이미지가 지나간다.

은진　　밤마다 사람들의 마음을 황홀하게 하는 이것

　　　　그러나 아침마다 사람들의 손에서 빠져나가 버리는 것

　　　　이것은 바로

다시 씬 계속.

병사들　한 명 한 명 한 명

은진　　희… 망…?

MC　　정답!

환호하는 사람들. 북소리와 함께 다시 음악 계속.

MC

두 번째 문제요.   병사들, 마을사람들

불꽃처럼 뜨겁지만 불꽃은 아닌 이것   우 우 우- 오-

머리는 차갑게 하지만   한 명 또 한 명

가슴속은 뜨겁게 하는 것   우 우- 우 우-

이것은 무엇인가   이것은 무엇인가

두 번째 마을의 이미지가 지나간다.

은진   너에게 도전하는 사람들 모두가 갖고 있는 그것

        지금도 내 마음 한 구석에 뜨겁게 울리는 것

        예전엔 몰랐었던 이제야 알게 된

        이것은 바로 용기!

MC   정답!

병사와 mc 대책회의를 한다.
병사들의 분노와 마을사람들의 환호가 엇갈린다. 이때,

치우   세 번째 문제는 내가 내겠다.

치우천왕   그대에게 불을 붙이는 얼음

        그대가 불타오를수록 더 차가워지는 얼음

        아주 매력적이나 아주 위험하지

        첫눈에 그대를 종으로 만든다네

        그러나 그대가 잘 다룬다면

        그댈 왕으로 만든다네

치우   (느끼하게) 이것은 바로 무엇인가?

음악 멈춤.
모두 조용하다. 은진에게 주목한다.
은진은 치우를 똑바로 쳐다보며.

은진   그건 바로 치우천왕, 너야!

모두들 침묵.

MC   정답!

울려 퍼지는 팡파레 소리. 열광의 현장.
은진, 환호성을 지른다.
사람들, 은진을 떠받든다.
은진, 의기양양하게 치우천왕을 돌아본다.

은진   치우천왕. 네가 졌어.
치우천왕   소녀여, 보상이 무엇인 줄 알고 그렇게 좋아하는가?
은진   내가 원하는 건 단 하나지! 네가 이 신선도에 걸었던 그 저주, 빨리 풀…
치우천왕   그건 바로 나다. 나와의 혼례.
은진   뭐라고?
치우천왕   난 절대 왕위에서 물러나지 않아!
MC   치우천왕님의 혼례를.
다같이   경하드리옵니다!

[M22: 결혼의 노래]
음악 다시 시작.

사람들   얼음의 왕자
　　　　치우천왕 결혼을 하네
　　　　손꼽아왔던 이날
　　　　혼례를 시작해
　　　　정신이 번뜩 든 은진

은진   이게 뭐야. 신선도의 저주를 푸는 퀴즈라며! 결혼? 말도 안돼.

은진, 주변을 둘러본다. 은진은 도망가려 하지만 사람들, 놓아주지 않는다.

은진   이거 놔요! 치우천왕! (사람들 안심시키려) 아, 알겠어요. 저 가고 있어요.

은진, 치우천왕에게 달려들어 가면을 벗긴다.

은진   치우천왕 너 이 자식!

음악 멈춤.
차가운 현의 얼굴이 드러난다. 깜짝 놀라 뒷걸음치는 은진.
현은 마치 다른 사람같다. 숨죽이고 그 광경을 지켜보는 마을 사람들.

현   얼굴을 봤으니, 넌 죽어야겠다.

마을사람들, 은진 주위로 포위할 듯 모여든다.

은진   야… 최현, 정신차려. 나 임은진이야! 너… 대체 누구야?

현   소녀여. 난 네가 보고 있는 그대로다.

은진   여기 와서 난 잠깐 네가 따뜻한 사람일지도 모른다고 생각했어. 근데 아니나 다를까 너 진짜 별로야. 지금까지 날 속인 거야? 거지 같은… 너 그렇게 살지 마.

은진, 현을 힘껏 걷어찬다.

현   악. 저놈을 잡아라.

현, 은진을 째려본다. 은진, 슬슬 뒷걸음질친다.
사람들, 순간적으로 모두 정지하고, 한 쪽에서 빛이 나타난다.
은진, 가면을 들고 전속력으로 도망친다.

10. 인서트 3

[M23: 나비의 여정4]

11. 두 명의 치우천왕

은진 숨을 몰아쉬는데, 반대쪽에서 누군가 나타난다.
현이다. 은진과 현 서로를 바라보고 깜짝 놀란다. 서로 겁에 질려 경계한다.
인서트3 음악 out.

현   야. 임은진. 살려줘. 제발!!

은진   뭐야? 뭘 살려줘. (자신이 들고 온 가면을 보여준다) 니가 날 죽이려고 여기까지 쫓아왔잖아.

현   뭐? 네가 날 죽이려고… (은진의 가면을 본다) 잠깐. 네 가면 분명 내가 가져왔는데 (가면을 든다)

은진   어? 그 가면.

현   그래. 네가 쓰고 있던 가면… 인데 (말하다보니 이상하다) 뭐… 뭐야…

은진과 현, 서로 가면을 보여준다.

은진   그럼 혹시…

현   우리가 서로를 치우천왕으로 본 거야?

둘 다 다리에 힘이 풀려 주저앉는다.

현   (안도) 와, 정말 죽는 줄 알았네.

은진   나도… 너 표정 완전…

현	니 표정은… 나 진짜 너 그런 표정 첨 봤어. ??소년이여! 난 네가 보고 있는 그대로다!!!!
은진	(웃는다) 내가 무슨… 너도… 얼굴을 봤으니 넌 죽어야겠다!!!!

어느새 웃고 있는 둘. 그러다 어색한 정적.

현	그래도 진짜 다행이다. 임은진으로 돌아와서. 너 치우천왕 아니지? 지금?
은진	아니야.
현	야, 진짜 내가 너랑 있어서 다행이라고 느껴지는 날이 오다니.
은진	나도 마찬가지야. 너는 맨날 나한테 욕만 하고…
현	그러니까 니가 잘했어야지.
은진	니가 맨날 눈을 이렇게 뜨고 쳐다보니까…
현	내가 또 뭐 언제 이렇게…
은진	암튼 그땐 미안. 발표 준비하면서 계속 힘들게 하고. 나도 이런 내가 정말 싫었어. 난 왜 맨날 이 모양인가…

[M24: 은진과 현의 화해]

은진	언제나 난 니가 참 부러웠었어
	자유롭게 얘기하던 네 목소리
	마음에 안 드는 건 당당하게 싸우던 너의 용기
현	나밖엔 아무것도 몰랐던 이기적인 나였어
은진	그동안 난 모두에게 도망쳤어 난
현	나야말로 난 겁쟁이었어
	남을 안아준다는 것
	그건 진정한 용기

현   발표할 때 잘해야겠다는 마음에 좀 심하게 몰아붙인 거 같아. 미
        안해.

은진   아냐. 다 나 때문인데 뭐.

현   왜 이런 대화도 한번 안 했을까 우리.

은진   그러게…

현   (가면을 보며) 우리 서로 진짜 미워하긴 했나보다. 네가 치우천왕이
        었다니.

은진   여기 진짜 이상한 세계다…

        은진   내 안의 얼은 기억
                널 얼어붙게 만든 건
                이기적인 나였었어
                바로 나였던 거야

        현   우리 안의 얼어붙은
                그 저주를 만든 것도

        은진   바로 우리인 거야

        현   그래 우리인 거야

        은진   상처받은 건
                나만인 줄 알았어

        현   상처받은 널
                미처 알지 못했어

        함께   우리 다시 돌아간다면
                이제는 함께 잘할 수 있어
                너와 함께하니까

        은진   내 안의 얼은 기억
                널 얼어붙게 만든 건
                이기적인 나였었어

바로 나였던 거야

현   우리 안의 얼어붙은 그 저주를 푸는 것도

은진   바로 우리인 거야

함께   그래 우리인 거야.

두 사람 화해의 악수를 한다.

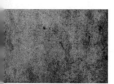

12. 또 다시, 두 갈래 길

[M25. 게이트의 노래3 운명시리즈]

그때 사람들의 노랫소리.

사람들   운명의 소녀

           운명의 상대

           그들이 저주를 풀어

           얼음을 녹였다네

           드디어

           마지막 시험이 다가오네

은진   마지막?

그때 빛(문, 게이트)가 각각 열린다. 두 사람 그 문을 바라보고, 서로를 쳐다본다.

은진	또 두 갈래다
현	뭔지 모르겠지만 일단 가보자.

은진과 현, 눈빛을 교환한 후 각자의 문을 통과한다.
음악 out.

13. 은진의 악몽

[M26: 오르골]

죽음과 삶의 경계가 되는 공간.
어둠 속, 은진의 내레이션.

은진	(내레이션) 돌아온 건가?
	아무도 보이지 않아.
	춥다. 이제 그만 깨고 싶어.
	제발… 눈을 뜨면.
	일상으로 돌아왔기를.

은진에게 스포트라이트 떨어진다.

사회자	(내레이션) 경기도 대표 임은진 어린이의 프레젠테이션이 이어지겠습니다.

한켠에서 엄마, 아빠 등장한다.

엄마　　딸! 엄마 여 있어.

아빠　　우리 예쁜 딸.

은진　　엄마! 아빠!

엄마　　엄만 널 믿어.

아빠　　우리 딸 뭐든 잘하니까!

친구들 셋, 은진 뒤로 등장한다.

과거 친구1　은진아! 너희 엄마 아빠 오셨더라!!

은진　　응!

은진　　(내레이션) 잘 해야 돼.

과거 친구2　오늘도 너무 기대돼. 잘 할 수 있지?

은진　　응. 그럼

은진　　(내레이션) 잘 해야 되는데… 내가 할 수 있겠지?

과거 친구3　은진아, 평소처럼만 해! 너가 제일 잘하잖아.

은진　　(내레이션) 엄마 아빠도 보고 있어. 다들 이렇게 기대하는데. 망치면 안 돼.
다들 실망할 거야. 근데 내가 할 수 있을까? 정말 할 수 있을까?
어떡해. 만약 내가 실수를 하면… 내가 못 해내면…

과거 친구들 넌 항상 잘하니까! 하나, 둘, 셋, 넷.

은진 아… 안녕하십니까. 최근 들어…

　
은진의 목소리는 변형되어 기괴하게 들려온다. 그리고 계속해서 들리는 끔찍한 하울링과 수군거림.
모두 은진에게 집중.

친구들 왜 그래?

　
은진, 아니라는 듯 고개를 젓고 웃어 보인다.
은진, 주위를 둘러보면 친구들과 부모님, 기대에 차서 모두 은진을 바라보고 있다.
은진, 주위에 애써 웃어보인다.

아빠 우리 예쁜 딸.

엄마 우리 딸은 항상 잘하니까, 엄만 믿어.

친구들 은진아!! 할 수 있지??? 자, 하나, 둘, 셋, 넷.

　
은진, 말해보려 하지만 일순간 다시 멈춘다.

은진 최근 들어 이슈가 되고 있는…

　
주위의 친구들과 부모님, 싸늘해져 은진을 노려본다.

아빠 우리 예쁜 딸.

엄마 우리 딸은 항상 잘하니까, 엄만 믿어.

친구들 은진아. 할 수 있지?

모두   할 수 있지? 하나. 둘. 셋. 넷.

말해보려 하지만 나오지 않는 목소리. 은진, 깩깩댈 뿐이다.

과거 친구1   기대했는데, 실망이야.
과거 친구2   이게 진짜 네 실력이구나.
과거 친구3   너 때문에 망쳤어.
친구들   너 때문에 망쳤어!!!! 너 때문에 망쳤어!!!!

음악 in. [M27: 죽음의 노래]

부모님과 친구들, 완전히 등을 돌려버린다.
은진, 부모님에게 가서 매달려보지만 그들은 뿌리치고 멀어져간다.

은진   엄마, 아빠! 가지 마. 나 봐. 나 좀 봐. 나 무서워. 내가 잘못했어.
응? 나 할 수 있어!! 나 할 수 있어!

부모님 사라진다.

모두   환.

일순간 정적. 모두 멈춘다.

어슴푸레한 공간에서 실루엣이 지나가고, 깜짝 놀라는 은진에게 환들이
나타난다.
환! 환! 환! 속삭이는 소리.

친구들　사랑받을 자격 없는 못난이
　　　　네 곁에는 아무도 남지 않아
　　　　잘하는 것 하나 없는 너란 애
　　　　왜 태어나 끈질기게 살아있니

은진, 환들을 피해보지만 다들 은진을 포위하고 한 발짝씩 다가온다.

모두　　사랑받을 자격 없는 못난이
　　　　네 곁에는 아무도 남지 않아
　　　　잘하는 것 하나 없는 너란 애
　　　　왜 태어나 끈질기게 살아있니

　　　　더 이상은 살 가치도 없는데
　　　　우리 곁에서 사라져
　　　　이 세상에서 사라져
　　　　영원히

환들, 은진에게 다가와 은진의 목을 조른다.
은진, 이내 결국 쓰러지고 죽음을 맞아 축 늘어진다.
죽음의 노래 멈춘다.
고요한 가운데, 조용하게 거문고 소리가 울리며 은진의 내레이션.

은진　　(내레이션) 희망이 사라진다.
　　　　피가 식어간다.
　　　　나는 철저히 혼자다.
　　　　이렇게 난 죽는다.

14. 죽음의 세계

[M28. 산신령의 솔로 + 환들의 합창]
그때 산신령의 실루엣이 나타난다.
음악 격렬해지며 다시 죽음의 노래 시작된다.
환들은 노래가 시작되면 은진을 이끌고 죽음의 행렬을 시작한다.

산신령　동쪽 산 위에
　　　　나비가 날아든다.
　　　　사막에서 바다까지
　　　　속삭이는 목소리들

산신령　드디어 봄이 오고 눈이 녹았도다.
　　　　운명의 그대
　　　　나에게 오라
　　　　모든 것이 피어날 테니
　　　　모든 것은 찬란히 빛나리라

산신령과 환들　희망은 쓸데없지
　　　　살아있는 피는 딱 질색
　　　　모두 함께 죽음의 세계로

산신령　내가 너흴 거두리라

은진　　당신은…! 분명, 꿈은 끝났는데?
산신령　하하하.

은진	왜 나를 죽인 거야? 치우천왕의 저주를 풀면 집으로 돌아갈 수 있다고 했잖아.
산신령	바보 같이 그걸 믿다니. 네 덕분에 얼음이 녹았다. 이제 치우천왕은 사라지고 이 땅을 지배하는 건 나다.
	바로 나. 죽음의 신! 하하하.
은진	날 속였어. 처음부터 날 속인 거야. 당장 이 환들 치워!
산신령	똑바로 봐. 날 불러낸 건 너야.
은진	대체 무슨 소리야?

산신령. 주변에 목석처럼 서 있는 환들을 가리키고,
은진, 그제서야 자신을 죽인 환들을 쳐다본다.

은진	환…

환들 다가오고 은진을 둘러싼다. 환들은 은진의 모습이다. 계속되는 환들의 움직임.
은진의 모습들, 환이 되어 은진을 옥죈다.

환들	(느리게) 어디서 달콤한 냄새가 나네
	어디서 섹시한 냄새가 나네
	허기진 환들을 부르는 냄새

환들	눈을 감자. 보지 말자. 생각하지 말자.
	차라리 꿈을 꾸자.
	엄마, 아빠… 가지 마! 은진이 무서워.
	다 저 사람 때문이야.
	난 내가 제일 싫어…

난 내가 제일 싫어.
난 내가 제일 싫어.
난 내가 제일 싫어.
난 내가 제일 미워. (모두 다)

산신령, 더욱 더 커진다.

산신령 희망은 쓸데없지. 살아있는 피는 딱 질색. 모두 함께 죽음의 세
계로
환들 가자. 이제 가자. 가자. 이제 가자. 가자. 이제 가자.

이때, 은진의 외침.

은진 아니! 아니야.

음악과 모든 것이 멈춘다. 일시 정지.
은진, 노래하기 시작하면 서서히 음악 들어온다.

[M29: 은진의 성장]

은진   미처 몰랐어
        내가 가진 두려움
        그것은 허상
        모든 것은 그림자
        미처 몰랐어
        내가 가진 아픔과 상처
        그것을 모두 외면했던 걸

너희는 나의 그림자

내 모든 기억들

이젠 바라볼 거야

내가 너희들을 모두 안을 거야

너희는 나니까

내가 바꿀 수 있어

내가 원한다면

우린 달라질 거야

돌아가

다시 돌아가

사람들에게

친구들에게 다시 돌아가

그리고 다시

행복해질 수 있기를

나는 원하네

나는 원하네

음악 사이 가사에 따라, 은진, 환들을 통제하고 제어한다. 마치 퍼핏들처럼.

노래 끝에 사방에서 빛이 나오고 수많은 길이 열린다.

은진, 한 곳을 향해 천천히 걸어간다. 은진은 은진의 자아들을 이끌고 빛을 향해 걷는다.

현, 빛 사이로 나와 은진을 기다리고 있다. 은진과 현, 손을 잡고 걸어간다.

15. 여정엔딩

[M30: 산신령의 안녕송]

커졌던 산신령, 다시 원래 크기로 돌아오며, 미소 짓는다.
산신령 직접 노래하지 않고 BGM만 깔린다.

운명의 그대
운명의 상대를 만나
운명을 만나리니
모든 것을 잃었을 때
모든 것을 얻으리라
얼음을 녹여
불로 만들라

16. 현실, 은진 솔로

오후. 처음의 연습실.
나비가 은진의 곁을 스쳐 지나간다.
은진, 깬다.

은진   나비…

자신의 앞에 있는 그림을 본다.

은진   나 발표연습 중이었지. 그래. 곧 발표야.

[M31: 다시 세상으로]

은진   멍하니 어딘가를 바라보면
         찾아오는 나만의 시간
         숨겨둔 세상이 나타나
         아무도 모르는 나만의 세상

사람들이 걸어 다니는 영상이 천천히 시작된다.

         하지만 따뜻한 바람이 불어오고
         기억나는 꿈속의 세상
         어렴풋이 기억나는
         아무도 모르는 나 혼자만의 이상한 세상

영상 속 사람들의 발걸음이 빨라진다.
어느새 영상 속 사람들, 무대 위에 나타난다.

         다시 연습 해보자. 다시. 진짜로. 즐겁게. 두려워하지 말고

효주   군대 빨리 가자
유림   좋은 사람이 되고 싶었는데
근태   조금만 더 기다려줘
여진   괜찮아질 거야

창훈   어떤 길로 가야 할지 모르겠어요

동구   한번만 더 기회를 주세요

만호   살고 싶다

은비   너 진짜 별로다!

수연   우리 왜 헤어진 거야?

은진   이 그림에서 눈이 의미하는 것은

        차가운 바람, 차가운 겨울

        누구나 한번은 겪는

        차가운 얼음 속 세상

        그러나 언젠가는

        겨울이 지나 봄이 오고

        얼음은 녹아 꽃이 피겠죠.

산신령   언젠가

        당신이 원한다면

현, 은진   언젠가 진정으로

        행복해지고 싶다면

친구들   언젠가 너와 나 우리 함께라면

다함께   얼음은 녹아 꽃이 피겠죠

        차가운 겨울이 가고

        나비들이 노니는

        따뜻한 봄이 오겠죠

여	꿈처럼 갑작스럽게
남	당신을 찾아오겠죠
다 함께	당신을 찾아오겠죠

은진   이것으로 발표를 마치겠습니다.

18. 커튼콜

[M33. 커튼콜]

끝.

얼어붙은 은진에게 찾아온 나비는 결국 봄을 불러옵니다. 그 나비는 외부에서 온 것일 수도, 신선도라는 환상에서 온 것일 수도, 아니면 그저 은진의 꿈에 지나지 않을 수도 있지만 어쩌면 나비는 은진 안에 숨어 있던 봄을 바라는 마음이었을지도 모릅니다.

사람들은 누구나 은진과 현처럼 크고 작은 강박을 가지고 살아갑니다. 막다른 길에 다다를 때, 강박에 시달릴 때, 우리는 도망칠 수도 있고 뛰어 넘어보려 끙끙댈 수도 있습니다. 어떤 선택이든 당연히 정답도 오답도 없습니다. 다만 도망치고 비겁하다 생각하는 자신이든, 넘어보려다 넘어진 자신이든, 다시 한 번 앞으로 즐겁게 나아갈 힘을 얻을 수 있도록 나 스스로에게 따뜻한 위로의 시선을 주는 것. 누구나 할 수 있는 것이지만 또 누구나 필요로 하는 것이 아닐까요?

이 작품이 크고 작은 일로 지쳐있는 사람들에게 위로가 되는 잠깐의 여행이 되었으면 좋겠습니다.

지아

장진수 지음

평범한 건, 무슨 뜻이냐면,
평범한 거다
구두소리가 울려 퍼진다
다시 말하지만 대부분의 사람들은 평범하다
그리고 어떤 중학생들은 그 사실을
온 힘을 다해 거부한다

김지아 / 어린 지아 : 중학교 3학년 여, 전학생.

정우진 : 중학교 3학년 남, 지아의 옆 자리 짝, 교내 밴드부 기타.

이규동 : 중학교 3학년 남, 교내 밴드부 베이스.

주민서 : 중학교 3학년 여, 교내 밴드부 드럼.

김지섭 / 어린 지섭 : 중학교 3학년 남, 교내 밴드부 기타.

이로나 : 중학교 3학년 여.

음악 선생 : 40대 여, 지아네 반 담임선생님.

국어 선생 : 50대 남.

과학 선생 : 30대 여.

지아 모 : 40대 여.

학생들 : 반장, 윤석 및 다수.

피아노 콩쿠르 심사위원, 진행조교 및 학부모들, 지섭의 부모.

태양계를 두고 우리는 흔히 수금지화…로 이어지는 행성들을 떠올린다. 하지만 태양계의 천체 중에서 행성은 8개 혹은 9개에 불과하며 절대 다수를 이루는 것은 왜행성(Minor Planet)과 소행성(Asteroid)이다. 이들은 행성들에 비해서 한참 작지만 지구가 그렇듯 태양 주위를 돈다.

2006년 국제 천문연맹은 태양계 내 행성을 다음과 같이 정의하였다.

1) 항성 주위를 돈다.

2) 충분한 질량을 가져서, 정역학적 평형을 유지할 수 있는 구형에 가까운 형태를 가지고 있다.

3) 궤도 주변의 다른 천체를 지배할만한 중력이 있어야 한다.

명왕성, 즉 플루토의 위성 카론은 그 지름이 명왕성의 1/2, 질량은 1/7이나 된다. 때문에 플루토와 위성 카론은 서로의 중력에 이끌려 항상 같은 면을 바라보며, 손을 잡고 빙글빙글 도는 것처럼 질량중심점을 기준으로 같이 공전한다. 즉, 카론의 궤도 안에서 명왕성이 같이 돈다. 2005년, 명왕성보다 큰 왜행성 에리스가 발견되었을 뿐만 아니라 행성은 궤도에서 지배적이어야 하므로 위성에 영향을 받는 명왕성은 행성자리를 내려놓았다.

그러나 플루토, 왜행성 134340은 여전히 태양 주위를 248년에 한 번 느린 속도로 돌고 있다. 위성의 힘에 흔들리기도 하며 더 이상 행성이 아니지만, 여전히 돌고 있다.

프롤로그

지아 모 하하하.

음악선생 호호호.

지아 (일기를 쓰듯 상상) 다섯 번째 전학이다. 나는 이로써 드디어 우리 동네의 모든 학교를 다 다녔다. 커피도 열 잔 사면 한 잔 공짜로 주는데 중학교는 그게 없는 것이 아쉽다. 이전 학교는 어땠지, 한 달이나 다녔는데도 벌써 기억이 안 난다. 학교는 다 거기서 거기다. 네모난 건물, 지저분한 운동장, 어딜 가나 비슷한 옷을 입은 선생님들, 뻔한 애들. 정말 평범하고 또 평범한 하루.

지아 모 (호들갑을 떨며) 선생님, 우리 아이가 외동이라 숫기가 없어서요. 말이 없어서 걱정이에요. 저번 학교에는 친구가 한둘은 있었던 것도 같은데 적응을 잘 할까요?

지아 평범한 건, 무슨 뜻이냐면, 평범한 거다. 다시 말하지만 대부분의 사람들은 평범하다. 그리고 어떤 중학생들은 그 사실을 온 힘을 다해 거부한다. 담배도 피우고, 술도 마시고, 남자애들은 여자애들을 만지고 싶어하고 여자애들은 공주님이 되고 싶고. 걔네들은 특별하고 싶겠지, 나도 그랬지만 이제는 아니다. (한숨) 이런 게 나이를 먹는다는 걸까.

음악선생 (지아 모에게 맞장구치는 호들갑) 어머니, 그건 걱정 마세요. 반 애들도 그렇고 지아도 보니 착해서 금방 친구가 또 생길 거예요. 중3이고 하면 이제 고등학교 진학하는 때다 보니 학교폭력 이런 것도 보통 뭐 없습니다. 우리 반은 제가 책임지고 상담도 하고 있고요.

지아 사실 나는 특별하기보다 먼저 평범해지고 싶은 생각도, 아니, 평범해지고 싶다. 같은 '특' 자가 들어가지만 특별과 특이는 하늘 끝과 땅바닥만큼이나 차이가 난다. 전자는 칭찬과 질투를 받지만 후자는 동정과 무시를 받아. 어느 쪽이나 곤란한 일은 많겠지만 후자가 훨씬 고달프다. 내가 바로 그렇거든.

지아 모 숫기도 없지만, 우리 딸이 좀 특별한 아이라서요. 선생님 아시죠?

음악선생 네, 어머니. 저번에 주셨던 것 읽어봤어요.

지아 모 우리 아이가 점점 나이를 먹으면서 괜찮아지는 것 같긴 한데 그래도, 그것도 걱정이 많이 되어요. 어머, 제가 자꾸 걱정만 하는 건 아니죠?

음악선생 저도 중3짜리, 중1짜리 애가 있어서 어머니 마음 이해해요. 지아뿐만 아니라 저희 반 아이들 모두를 제 자식들처럼 생각하고 있답니다. 호호호.

지아 평범한 사람이 특별해지려다가 추락하면 그때 특이해지는 거라는 생각이 든다. 날고 싶었던 장닭이 지붕 위에서 뛰어내려봐야 다리나 부러지고 말 걸. 집에 가면 괜찮을 거다, 중학교에 가면, 전학을 가면 괜찮을 거다. 그리고 엄마, 이제 다섯 번째인데요. 나는 언제 고쳐지는 걸까요.

지아 모 원래 예고에 보내려고 했었어요. 근데 혼자 서울로 보내기에는 걱정되고 여기서 보내자니 좀 그렇고 그래서요.

음악선생 정말요? 제가 음악선생이잖아요, 어머니. 저희 반 아이들도 한 사람당 한 악기씩은 꼭 다루게 가르치고 있구요. 잘 됐네요. 지아는 무슨 악기를 하니?

지아 2006년 8월 24일, 내 생일, 정말 평범한 날짜, 3.2 킬로그램, 정말 평범한 체중. 우리 부모는 나를 낳고 평범한 딸이라고 생각하지는 않았나 보다. 여섯 살이 딱 되자마자 미술학원, 태권도는 정말 가기 싫었는데, 발레학원, 초등학교 가서는 스케이트, 그리고 수영, 그리고 가야금, 그리고…

지아 모, 지아를 툭 친다.

지아 (깜짝 놀라며) 응, 왜요?

지아 모 피아노를 좀 쳐요. 호호, 어렸을 때부터 가르쳤거든요. 왜, 예술취미 하나씩은 있는 게 좋잖아요. 취미 하라고 학원 보내놓은 걸

애가 재능이 있다고 해서 한 번 시켜보려고 했는데 지가 싫다니까
억지로 보낼 수도 없고…

지아   피아노, 피아노. 사실 재능이 조금 있었을지도 모르겠다. 하지만
엄마는 그 시끄러운 선생이 독수리발톱 하라고 손등을 철썩철썩
때리는 걸 몰랐을 거다. 독수리발톱 하라고 철썩, 배꼽 맞추라고
철썩, 악보에 낙서했다고 철썩, 철썩.

멀리서 파도 소리가 들린다.

지아   철썩, 철썩. 꼭 파도 소리 같네.

점차 커지는 파도 소리와 함께 상담실 저 편에 기억이 켜진다. 초등학교
3학년, 처음으로 콩쿠르에 나온 지아가 보인다. 어린 지아는 자기의 작
은 체구를 집어 삼킬듯이 거대한 피아노를 보고 잔뜩 긴장해있다. 지아
는 엄마 손을 잡고 자기 차례를 기다리고 있다.

지아   엄마. (사이) 엄마, 엄마.
지아 모   응? 왜 또 왜.
지아   엄마, 나 화장실 가고 싶어.
지아 모   방금 다녀왔잖아.
지아   그래도 또 갔다 오고 싶어.
지아 모   얘가 왜 이래.
지아   나 쉬 마려워.
지아 모   (한숨) 바로 다음 차례니까 조금만 참아, 우리 딸. 긴장해서 그래.
자 심호흡 시-작. 하아- 후우-.
지아   하아- 후우- 하아- 후우-.
지아 모   자 그럼 잘 할 수 있지?

지아　　하아– 후우– 근데 나 치다가 중간에 화장실 정말 가고 싶어지면 어떡해?

지아 모　괜찮을 거야. 그런 생각 안 들 거야. 자 파이팅!

지아　　하아– 후우–.

지아는 엄마 손을 놓고 피아노에 가 앉는다. 지아는 숨을 고르고 건반 위에 손을 올리고 연주한다. 하지만 10마디를 넘기지 못하고 다시 처음으로 돌아간다. 아다지오로 시작된 곡은 반복될 때마다 점점 빨라지고 커진다. 세 번째 반복에 들어갔을 때 지아의 표정은 거의 울기 일보 직전이다. 네 번째 반복하는 순간에 지아는 결국 큰 소리로 울음을 터뜨린다. 그 순간 기억은 사라지고 다시 상담실.

지아　　(하얗게 질려서) 저! 화장실 좀 다녀올게요!

파도 소리가 친다. 철썩, 철썩, 철썩.

지아, 자리에서 일어나 달려가서 눈을 꼭 감고 문을 연다. 문 안, 아니 밖에서는 하얀 빛이 쏟아져 들어온다. 하얀 빛은 지아와 피아노, 콩쿠르장 전체를 전혀 볼 수 없을 정도로 밝게 빛나더니, 지아는 어느새 명왕성의 하얀 바다에 와 있다. 하얀색 파도가 치는 하얀 모래사장 한가운데 낮고 까만 돌로 쌓아올려진 우물이 하나 있다. 지아, 이미 오래 전부터 자주 와 보았던 것처럼 전혀 당황하지 않고 우물 옆에 가기대어 앉는다.

1장

아무 일도 없는 조용한 수업 시간. 정확하게 줄을 맞추어 놓은 책상들 앞에 녹색 칠판이 있다. 아이들은 책상에 빼곡히 앉아 있다. 지아는 창가 세 번째 줄에 앉았는데, 그의 짝꿍 우진은 검붉은 얼굴과 깊은 눈동자를 가진 키 큰 남자아이였다. 다행스럽게도 지아를 괴롭히거나 귀찮게 굴지는 않았지만 체육 다음 시간이면 그 나이 남자아이들이 그러하듯 땀 냄새가 났다. 둘은 서로 거의 말을 하지 않았기 때문에, 정확히는 지아가 대답을 잘 하지 않았기 때문에 땀 냄새에 대해 불평할 기회도 없었다. 그렇게 지아는 매 수업 시간마다 아무 말 없이 공상을 한다. 국어시간, 반장이 일어나서 시를 읽는다.

반장   자화상, 윤동주.
산모퉁이를 돌아 논가 외딴 우물을 홀로 찾아가선
가만히 들여다봅니다.
우물 속에는 달이 밝고 구름이 흐르고 하늘이
펼치고 파아란 바람이 불고 가을이 있습니다.
그리고 한 사나이가 있습니다.
어쩐지 그 사나이가 미워져 돌아갑니다.
돌아가다 생각하니 그 사나이가 가엾어집니다.
도로 가 들여다보니 사나이는 그대로 있습니다.
다시 그 사나이가 미워져 돌아갑니다.
돌아가다 생각하니 그 사나이가 그리워집니다.

국어선생   자알 읽었다. 반장 니는 아나운서해도 되겠네, 얼굴만 쫌 고치믄. 그쟈?

아이들의 웃음소리. 반장은 얼굴이 빨개지며 자리에 앉는다.

국어선생 기양 농담이니까 교육부에 신고하고, 이람 안된다. 자, 오늘이 며칠이냐…, 4월 4이니까 4더하기 4, 8번. (출석부를 확인한다) 어… 이규동이.

규동 (당황하여 콧바람을 내며) 네?

국어선생 이 시를 쓴 시인이 누구라캤지? 책 보지 말고.

규동 어… 어… 조지훈이요?

국어선생 조지훈, 땡. 윤동주! 이규동이 정신차리자. 자 18번. 최윤석. 윤동주가 뭐 썼지?

윤석 (일어서며) 서시요.

국어선생 (칠판에 아무렇게나 쓰면서) 윤동주 시인이, 어 윤석이 앉아, 잘했어. 윤동주 시인이 '죽는 날까지 하늘을 우러러 한 점 부끄럼이 없기를─ 잎새에 이는 바람에도 나는 괴로워했다─' 했단 말입니다. 딱 보면, 평생을 반성을 하고 사신 분이야. 그런 사람이 어느 날 우물을 봤어. 근데 거기에 독립운동도 안하고 공부도 제대로 안하는 그런 자기 자신이 있는 거라. 그래갖고는 아, 내 자신이 너무 부끄럽다, 이래서 이런 시를 썼습니다. 이규동이, 너는 우물 속에 자기 자신이 딱 보여 그럼 어떻겠어. 신성한 국어 시간에 딴생각 했습니다, 하고 반성 되겠어?

규동 어… 우물 속에… 무서울 것 같은데요.

아이들 웃음. 수업 종소리. 언제 바뀌었는지도 모르게 지금은 과학 시간이다. 아이들은 여전히 줄을 맞추어 앉아 있다. 지아는 계속 다른 곳을 보며 공상을 하는 중이다. 수업 시작에 딱 맞게 과학 선생이 들어오면서 수업이 바로 시작된다.

과학선생 반장, 이 반 어디까지 했지?

반장 87페이지 태양계 할 차례에요.

과학선생 3단원… 태양계… 자 정신차리고. 일어나세요. 쉬는 시간 끝났죠? 재미있는 과학 수업 합시다.

과학선생은 칠판에 아주 멋진 글씨로 필기를 써내려간다. (색반전 글씨 는 칠판에 적혀질 내용이다.)

과학선생 III. 태양계

2. 태양계의 특성

2) 행성과 위성

자, 오늘이 4월 4이니까 4더하기 4, 8번 규동이.

규동 아, 선생님. 아, 아까 전에 국어 시간에도 아, 오늘 4일이잖아요.

과학선생 선생님들이 다 우리 규동이만 예뻐하는가 보다. 규동이 태양계 행 성들을 순서대로 한 번 말해볼까?

규동 화성… 수성… 목성… 금성… 토성… 아 해왕성도 있고…

과학선생 역시 우리 규동이는 선생님의 기대를 실망시키지 않아요. 참 귀엽 다 얘.

남학생은 툴툴대며 자리에 앉는다.

과학선생 자 수성, 금성, 지구, 화성, 목성, 토성, 천왕성, 해왕성, 그리고 명 왕성이

수 – 금 – 지 – 화 – 목 – 토 – 천 – 해 – 명

있었죠? 그런데, 명왕성은 2006년에 행성이 아니게 되었어요. 수 성부터 해왕성까지를 행성이라고 하고, 저번 시간에 했죠? 태양 계에는 태양을 도는 것들이 행성 말고 또 뭐가 있었죠? 8번 규동

이… (규동, 긴장한다) 의 옆에 민서.

민서　혜성이랑 소행성이요.

과학선생　명왕성은?

민서　(확신 없다는 투로) 중행성?

아이들 웃음.

과학선생　(미소지으며) 소행성보다는 크니까? 하하하. 명왕성은 왜소행성이
에요. 2006년에 명왕성을 가지고 많은 토론이 있었는데, 간단히
말하면 명왕성은 행성이 되기에는 너무 작고 가벼워서 힘이 약해
요. (손짓을 동원하여 표현한다) 그래서, 명왕성의 위성이 하나 있는
데, 이 위성의 중력에 휘둘려서, 위성이 명왕성 주위를 돌고 끝나
는 게 아니라 서로 손을 마주 잡고 빙빙 도는 것처럼 같이 돌아요.
로맨틱하죠?

아이들 반응이 없다가 멋쩍게 작은 웃음.

과학선생　안 로맨틱해? 2015년에 뉴 호라이즌 호라고 지구에서 발사한 우
주선이 명왕성을 향해서 한 10년을 날아갔는데 가서 찍어보니까
뭐가 있었죠?

아이들　하트요.

과학선생　맞아, 하트가 있었죠. 명왕성이 그렇게 로맨틱한 행성이야. 자, 그
럼 책으로 다시 돌아가서, 수성부터 한 번 읽어봅시다. 수성은 태
양과…

과학선생이 수업을 하는 동안 점점 어두워지고 지아는 공상 속 우주에
홀로 남는다. 수업시간의 교실 풍경은 어느 샌가 TV 속 풍경인 것처럼

멀어졌다. 과학 선생의 까랑까랑한 목소리가 무뎌질 때쯤 파도 소리가 들려오다가 점점 커진다. 지아는 명왕성의 바다에 와있다. 하늘에는 목성과 토성과 다른 행성들이 떠있다. 하얀 모래와 하얀 바다가 펼쳐진 해변을 걸어가면, 저 편에 낮고 까만 돌 벽으로 주위를 두른 용천 우물이 있다. 지아는 천천히 그 우물 속을 들여다본다. 어디선가 지섭의 목소리가 들린다. 지아는 아주 오래 전부터 이 친구를 알고 있었다.

지아 　나는 저 행성들이 부러워. 이 바다에서 볼 수 있는 것 중에서 가장 빛나는 것들이거든.

지섭 　왜? 저 별들도, 아니 행성들도 결국 햇빛을 받아서 빛나는 것뿐인데. 혼자 빛나는 게 아니야. 다 똑같은 돌덩이들일 뿐이야. 돌덩이라고 하기에는 조금 크지만.

지아 　우리 나이 때는 원래 다 그런 거야. 어차피 혼자 빛날 수 없어. 하지만 다들 똑같이 태양 주위를 도는데 누구는 빛나고 누구는 빛나지 않는 것은 불공평해.

지섭 　똑같이 태양 주위를 도는 건 확실해?

지아 　그게 무슨 말이야?

지섭 　이 별이 태양 주위를 돈다는 것을 확신할 수 있냐고.

지아 　그럼? 저기 행성들이 빛나는 게 햇빛을 받아서 빛나는 거라며. 우리가 태양 주위를 돌지 않으면 저 행성들이 보이지 않을 거야. 반사된 햇빛이 닿을 만큼 가까이 있다는 거거든.

지섭 　결국 행성들이 아니면 확신할 수 없다는 거네.

지아 　그게 잘못된 일이야?

지섭 　잘못은 아니지, 하지만 태양 주위를 돌지도 않는 땅에 앉아서 행성을 부러워하는 것은 이상하잖아.

지아 　너는 이 별이 태양 주위를 돌지 않는다고 확신하는 거야?

지섭 　이건 믿음에 관한 문제가 아니야. 무엇을 믿고 안 믿고의 문제가

아니지. 태양 주위를 돌든, 태양이 우리 주위를 돌든 그건 중요하지 않아. 다만 네가 아무렇지도 않게 그 사실을 인정해버리는 건 썩 좋은 행동은 아니야.

지아 넌 모든 것을 너무 비관적으로 생각하는 것 같아.

지섭 나는 그냥 네가 놓친 것들을 상기시켜줄 뿐이야. 네가 어처구니없는 생각들에 사로잡혀서 비뚤어지는 것을 막아주는 거지. 그렇게 따지고 들 게 아니라 나한테 감사해야해.

지아, 반박을 하려 하지만 목소리가 나오지 않는다.

우진 (멀리서 부르는 소리) 지아야.

파도 소리 멈춤, 지아는 자리에서 졸다가 고개를 든다. 어느새 앞자리에 앉은 우진이 돌아보고 있다.

지아 응?

우진 지아야, 다음 네 차례인 것 같은데.

음악실, 기악 수행평가를 하는 시간이다. 학생들의 담임선생님이자 음악선생님은 피아노 의자에 앉아 있고 그 앞에 한 여학생이 바이올린을 켜고 있다. 아이들은 제 멋대로 장난을 치거나 노트에 필담으로 수다를 떨지만 시끄럽지는 않다. 여학생이 바이올린 연주를 마친다.

음악선생 아유, 잘 하네. 자, 다음 35번 마지막, 김지아.

지아 네.

지아는 허겁지겁 가방을 뒤진다.

음악선생 (자리에서 일어나며) 지아 아직 준비 안됐니?

지아 저, 잠깐…

지아는 가방 속에 있어야 할 리코더가 보이지 않자 몹시 당황한다.

음악선생 악보 찾는 거야? 악보 없어도 할 수 있지 않아?

지아 리코더가 없어요. *바흐. 모차르트. 하이든. 너는 알고 있어.*

음악선생 지아 리코더 하려고 했어? 왜, 지아 피아노 잘 치잖아. 어머니가 저번 상담 때 한참 자랑하셨는 걸.

우진, 눈이 동그래지며 지아를 본다.

지아 아니, 피아노는 아니… *드뷔시. 브람스. 쇼팽. 너는 알고 있어. 하지만 너는 그 모두를 모른다고 믿고 있지.*

음악선생 아직 지아가 친구들 앞에서 많이 부끄러운가봐. 다들 지아를 위해 박수.

아이들 박수, 지아는 매우 당황한다. 파도 소리가 작게 다시 들려오기 시작한다. 지아는 어쩔 줄 몰라하다가 자리에서 일어나 조심스럽게 피아노에 가서 앉는다. 지아가 앉자 다시 한 번 박수. 남자 아이들의 휘이- 휘이- 하는 소리.

음악선생 (지아에게) 긴장하지말구, 아무거나 칠 수 있는 거 쳐봐.

지아 (힘없이) 네. *라흐마니노프. 아니면 베토벤. 너의 별들, 너의 반짝이는 행성들.*

지아는 심호흡을 세 번 하고 베토벤의 월광 소나타를 연주한다. 파도소리는 한 마디가 지날 때마다 점점 커진다. 지아의 얼굴은 점점 울상이된다. 40초 쯤 지나자 파도소리는 피아노 연주가 전혀 들리지 않을 만큼 커진다. 지아는 거의 울기 일보 직전이다가 연주를 멈춘다. 파도 소리도 멈춘다.

지아   (거의 울먹거리며) 죄송해요. *오늘도 실패했구나, 내가 말했잖아. 넌 스스로를 가둬버린 거야.*

음악선생   아니야 뭐가 죄송해. 악보 없으면 그럴 수 있어. 잘 했어요. 자 들어가서 앉자.

지아, 자리에 돌아가 앉는다.

음악선생   자 오늘 수행평가 안한 사람 없지? (반장에게 수행평가 표를 건네며) 반장은 여기 점수 기록한 거 이따 교실 돌아가서 칠판 옆에 붙여두고, 다들 자기 점수 확인하세요. (시계를 본다) 어, 한 10분 남았는데 수업 여기서 끝낼 테니까 다들 조용히 옆 반 방해 안되게 교실 가자. 좀 있으면 시험이니까 놀지 말고 알지? 여러분 이제 고등학생 되는 거예요. 애들 아니야. 그렇지? 자, 그럼 수업 끝. (퇴장한다)

선생이 음악실 문을 나서기가 무섭게 아이들은 떠들며 자리에서 일어난다. 지아도 일어나려는데, 우진이 돌아본다.

우진   너 피아노 쳤었어?

지아, 말없이 쳐다본다.

우진	피아노 되게 잘 치지 않아? 잘 치는 것 같던데. 조금 밖에 안쳐서 잘 모르겠는데 엄청 잘 칠 것 같아.

지아, 살짝 웃으며 고개를 젓는다.

우진	저기 있잖아, 우리 밴드에 건반 칠 사람이 필요해.
지아	응.
우진	오늘 뭐해?
지아	응.
우진	오늘 바빠? 학원가야 돼? 우리랑 오늘만 딱 한번만 맞춰보면 안 될까?
지아	어…
우진	건반이 필요해.
지아	(기어들어가는 목소리로) 아니 나 피아노 잘 못 쳐…
우진	한 번만! 딱 한 번만! (사이) 근데 너 내 이름은 알아?
지아	정우진… 우진아 미안.

지아는 우진을 모른 체하며 고개를 푹 숙이고 일어나 퇴장한다. 우진은 지아가 나간 자리를 보다가 주변을 살핀 후 자기 책상 서랍에서 리코더를 꺼내어 지아의 가방 속에 넣는다. 마지막으로 나가는 남학생, 지섭이 문을 닫으며 암전, 그리고 파도 소리.

1.5장

〈피아노 콩쿠르가 열리는 어떤 강당. 무대에는 밤하늘보다 더 어두운, 검은색 그랜드 피아노가 덩그러니 놓여있었다. 지아는 자기 차례가 왔기 때문에 악보를 들고 씩씩하게 피아노로 걸어 나갔다. 객석에는 심사위원도, 응원하는 가족들도, 아니 아무도 없었지만 그는 마치 일류 피아니스트처럼 우아하게, 빅토리아시대의 영국 귀족처럼 인사를 하고 자리에 앉았다. 악보 곳곳에는 치열했던 그의 연습 흔적들이 남아있었다. 항상 잊어버리고 멋대로 쳐버리는 왼손 박자를 표시해둔 연필 자국과 조금씩 진도를 나가면서 적어둔 날짜들이 연주의 성공을 바라며 펄럭였다. 지아는 건반 위의 허공에 손을 올리고 물 흐르듯 유려하게 연주를 시작했다. 아무런 소리도 들리지 않았다. 지아의 연주가 절정을 향해 갈수록 들리지 않는 음악에 심취한 그의 표정이 점점 진지해졌지만, 아무 소리도 들리지 않았다. 멀리 객석에서부터 물이 차올랐다. 파도가 한 번 칠 때마다 밀물이 무대를 덮어갔다. 곧 지아와 피아노는 갯벌에 떠있는 부표처럼 바다 한복판에 놓이게 되었다. 지아는 연주를 훌륭하게 마쳤다. 그는 다시 일어나 우아하게 인사를 하고는 씩씩하게 자리에서 걸어 내려왔다. 계단은 이미 물에 잠겼기 때문에 그가 갈 곳은 물 속뿐이었다. 지아는 씩씩하게, 물속으로 가라앉았다.〉

지아가 연주에 흠뻑 취해있는 동안 담임과 지아 모의 대화가 이어진다.

지아 모 아유, 집에 누가 왔다 하면 다들 씨디 틀어놓은 줄 알아요. 저번에는 세탁소 사장님이 드라이 맡긴 애 아빠 양복 갖다주러 오셨다가 너무 좋다고 한참 있다가 가셨어요. 제 딸이지만 정말 잘 친다니까요.

음악선생 정말요? 어머니, 마침 제가 음악선생이다 보니 우리 반에 음악 잘
하는 친구들이 많거든요. 저는 아이들이 쉬는 시간에 악기 연주하
고 그러는 걸 오히려 장려하고 있어요. 애들이 산만하게 뛰어다니
고 떠들고 하는 것보다 훨씬 좋다고 생각해요.

지아 모 선생님 그럼요, 그럼요. 우리 지아 담임선생님이 음악선생님이
셔서 너무 감사해요. 그런데 지아 말고 또 피아노 치는 친구가
있나요?

음악선생 몇 명 있어요. 요새는 피아노 학원이 동네마다 하나씩 있어서 다
들 한 번씩은 배우니까요.

지아 모 우리 지아가 외동이다보니 숫기가 없어서, 아 아까 말씀 드렸나
요. 전에 학교에서도 말 없고 그러니까 애들이 좀 괴롭히고 그랬
나봐요. 그럼 같이 맞서 싸우고 그랬어야 하는데 워낙에 숫기가
없다보니까 애가 당하고만 있고, 걱정이 많아요, 선생님.

음악선생 아유 어머니 걱정마세요. 제가 약속할게요. 우리 반 아이들은 절
대 그런 아이들이 아니에요. 몇몇 목소리 크고 시끄러운 아이들은
있는데 그 아이들도 반 친구들을 괴롭히고 때리고 하는 애들은 아
니고, 걱정마세요. 제가 지아 특별히 잘 돌볼게요.

지아 모 고맙습니다. 선생님 정말 감사해요. (사이) 제가 아이를 잘못 키워
서 이렇게 또 전학을 시키고, 그래서 그런지, 애가 스트레스를 좀
받으면 가끔…

음악 끊기고 우레와 같은 박수가 쏟아진다. 박수 소리는 점차 화이트노
이즈로, 그리고 파도 소리로 변한다. 지아, 자리에서 벌떡 일어나 다시
어둠 속으로 뛰쳐나간다.

2장

아무렇게나 치는 드럼 소리, 노이즈 잔뜩 들어간 전자 기타 소리, 특히 유명한 기타 리프를 연습하는 듯 짧은 몇 프레이즈를 계속 반복하는 소리가 들린다. 밝아지면 밴드부 합주실의 풍경이 드러난다. 일반 교실과 같은 문과 바닥재에 다른 것은 책상 대신 케이블들이 바닥에 널브러져 있다는 것과 퀴퀴한 공기를 내보내기 위한 환풍기가 있다는 것뿐이다. 한 쪽 구석에는 오래되어 누렇게 뜬 드럼과 한, 두 줄이 빠져있는 기타가 '쌓여' 있다. 민서와 우진, 지아는 그 앞에 앉아 있다.

민서   우린 단 한 번도 제대로 해본 적이 없어. 매번 축제 때마다 뭔가 사고가 하나씩 터졌거든. 작년에는 기타 줄이 끊어지고, 앰프도 터지고. 그 전에는 애들끼리 싸워서 연습도 제대로 못했어. 사실 차라리 싸워서 다행이야. 어차피 연습 안하고 있었는데 싸워서 그나마 핑계거리가 생긴 거라서. 참, 너 전학 오기 전에 가장 최근에도 한 번 망쳤어. 이번엔 다 잘 되는 줄 알았는데 얘가 문제 였거든.

우진   실수 한 번 했다고 너무 우려먹는다.

민서   뭐? 실수? 실수 한 번? 처음부터 끝까지 점점 키가 올라가는 것도 실수야? 완전 음치지.

우진   음치까지는 아니지, 음치가 어떻게 보컬을 하냐.

민서   그러게, 어떻게 음치 보컬을 데리고 한다는지 나도 모르겠다.

우진   내가 음 잘못 잡아도 너희가 다 맞춰주잖아.

민서   우리 다 다 맞춰주는 게 아니라 맨날 로나가 고생했지. 걔가 너 데리고 다니면서 완전 음악 공부 시켜줬잖아.

우진   그건 그래. 로나가 우리 악보도 다 그려줬지.

민서   (지아에게) 아, 하여간 그래서 제일 필요한 게 건반이었어. 원래 우리도 건반이 있긴 있었는데 걔가 전학을 가 버렸거든.

우진   그리고 네가 전학을 와 줬지, 이제 쌤쌤이야.

민서   로나도 피아노 정말 잘 쳤었는데. 근데 걔는 너무 잘 쳤어. 예고 준비하던 애거든. 걔가 우리 악보 다 따주고 그랬어.

민서, 말을 던져놓고 아차 싶어서 지아의 눈치를 본다.

민서   아니, 너도 잘 치니까. 악보는 굳이 안 따줘도 요새 인터넷 검색하면 엄청 많이 자세하게 나오고, 또…

지아   근데… (사이) 내가 피아노를 못 쳐.

민서   거짓말, 아까 잘 쳤잖아.

지아   치긴 치는데, 그게. 다른 사람들 앞에서 쳐본 적이 없거든. 예전에… 아니야 근데 진짜 다른 사람들 앞에서는 손이 굳어서.

우진   사실 네가 못 친다고 해도 우리 아무도 몰라. 우리 다 고만고만하거든. 피아노에 대해서 아는 건 도 다음엔 레, 레 다음엔 미, 도레미 정도 밖에 안돼. 걱정하지 마.

민서   맞아, 지아야. 음치도 밴드 보컬 하는데 어때. 아무도 몰라.

지아   그래. 근데 여기는 피아노가 없네.

우진   (멋쩍게 웃으며) 있긴 있었는데, 로나 개인 악기였거든. 전학가면서 가져갔어.

지아   그럼 어떻게 해?

우진   아, 그건… 그건 우리가 알아서, 알아서 알아볼게. 오늘은 그냥 우리랑 놀고, 어, 얼굴도 익히고, 어.

민서   맞아 인사도 하고, 혹시 집에 가야 돼? 아니면 우리 시내 가자.

지아   시내에? 나 시내에 나가본 적이 한 번도 없어.

민서   정말? 시내에?

지아	응. 약간 무섭기도 하고.
민서	그럼 어디서 놀았어? 친구들이랑 보통 어디 갔었어?
지아	(부끄러워하며) 나 사실 전학을 많이 다녀서 친구를 사귈 수가 없었어. 그래서…
민서	(무언가 눈치 챈 듯) 아…
우진	그럼 오늘 우리랑 가자. 노래방 어때? 노래방 가자. 애들도 다 그쪽으로 오라고 할게.
지아	나도 그러고 싶은데 엄마가 허락해줄까?
우진	꼭 허락 맡아야 해?
지아	그런 건 아닌데 마음에 좀 걸려.
민서	친구랑 놀러 갔다고 하면 좋아하실 거야. 그 전 학교에서는 친구 못 사귀었다며, 우리랑 같이 갔다고 하면 괜찮지 않을까?
우진	시내 놀러나가는 건 무서운 일이 아니야. 처음에만 그렇지, 대부분의 일들처럼.
민서	우리도 처음엔 되게 무서웠다? 중학교 입학하고나서 우리끼리만 버스 타고 갔었거든. 그땐 막 조마조마하면서 돈 뺏기면 어떡하지, 그랬는데. 생각해보면 별 일도 아닌데 말이야.
우진	맞아. 진짜 순수했었는데.
민서	나는 지금도 순수해.

규동과 지섭, 교실 문을 열고 들어온다. 어깨에 신디사이저 키보드를 메고 몹시 지쳐 보이는 얼굴이다.

규동	야, 존나 힘들어.
민서	뭐야, 어디서 난 거야 그거. (규동을 쏘아보며) 설마 진짜 훔쳐온 거야? 안 걸렸어? 걸리면 어떡하려고 그래.
규동	훔치다니! 잠깐 빌린 거야. 잠깐. 이따가 다시 갖다 두면 되잖아.

우진 그냥 한 말인데 진짜 가져올 줄은 몰랐네.

규동 네가 그렇게 말을 하면 안 되지. 근데 이거 오다가 한 번 떨어뜨렸는데 괜찮겠지?

민서 너네 정말 막 나가는구나. 걸리면 난…, 진짜 모르겠다.

규동 잠깐 빌린 거래도! 야, 영광초등학교 내 모교! 모교 물건을 훔치는 사람이 어딨냐. 이따가 내가 다시 갖다 둘게. 그럼 되잖아.

지섭 난 그냥 밑에 있었어.

규동 어쨌든 너네도 이제 다 공범이야.

민서 애네들이 이런 애들이야. 너무 친하게 지내면 별로 좋지는 않아. 나도 별로 안 친해.

규동 응 맞아. 안 친해, 안 친해.

우진 오다가 떨어뜨렸다며, 소리 나는지 한 번 확인해봐. 도 다음엔 레, 레 다음엔 미, 도레미파솔라시도.

규동 나 근데 이건 연결할 줄 모르는데. 가져올 때도 그냥 있는 선 다 빼가지고 왔어.

짧은 침묵.

지섭 내가 할게, 기다려봐.

지섭, 바닥에 있는 케이블들을 뒤적인다. 몇 번인가 끄집어내지만 다 끊어진 케이블들뿐이다. 그러다 멀쩡해 보이는 케이블들을 찾아내고 뿌듯해한 뒤 건반과 앰프에 꽂았다가 뺐다를 반복한다. 드디어 케이블을 맞게 꽂자 청량한 신디사이저 음이 도레미파솔라시도— 하고 울린다. 지섭이 악기와 씨름하는 동안 나머지 친구들은 지섭을 바라본 채 얼어붙은 듯 미동도 없다.

지섭	됐다. 도레미파솔라시도.
우진	(크게 한숨 쉬고) 지금 제대로 되고 있는 것 맞지?
규동	일단 소리는 나는 것 같아. 다행이다. 떨어뜨렸을 때 덜그럭 소리 나서 약간 겁났는데.
우진	된대. 지아야, 되는 김에 한 곡 쳐주라. 아무거나 다 괜찮아.
지아	나 정말… 진짜야 나 정말 다른 사람들 앞에서 쳐본 적이 없어. 못 쳐.
우진	괜찮대두, 아무도 뭐라고 안해. 여기 너보다 잘 치는 사람 단 한 명도 없어.

멀리서 파도 소리가 들려온다.

지아	나 정말 못 쳐, 진짜야.
규동	아까도 쳤잖아. 음악 시간에 말야.
지아	아니야, 아니야. 끝까지 치지 못했어.
규동	정말? 나는 그것도 몰랐네.
민서	너는 아는 게 뭐야?
규동	헤헤, 나는 아는 게 없어.
민서	좋단다, 등신.
우진	다른 사람들 앞에서는 못 친다는 거야? 누가 보고 있으면?
지아	응…, 미안해.
우진	그럼 혼자 있으면 칠 수 있다는 거고? 집에서는 혼자 쳐?
지아	매일은 아니고 가끔.
민서	야 너무 갑작스럽잖아. 애도 준비를 좀 해야지.
지섭	치기 싫으면 안 그래도 돼. 치기 싫다고 말해.
우진	그럼 이렇게 하면 어때?
지섭	하기 싫다는 것을 억지로 하게 할 수는 없는 거야.

우진   눈 감고 열을 세는 거야. 빨리! 빨리 눈 감아봐.

지아, 어쩔 줄 몰라 하다가 눈을 감는다. 우진, 다른 아이들에게 눈빛을 보내자 다들 알아들었다는 듯 끄덕이고는 숨을 곳을 찾으려 허둥대기 시작한다. 규동과 우진은 커튼 뒤에, 민서는 드럼 뒤에 쪼그려 앉고, 지섭은 교실 문을 열고 나간다. 지아, 열을 센 끝에 눈을 뜬다.

우진   지아야, 우리 안 보이지? 우리 여기 없어!
규동   맞아, 우리는 없는 사람이야!
민서   정말 이게 뭐하는 짓인지 모르겠다.

지아, 어리둥절한 표정으로 합주실을 둘러보다가 작게 미소 짓는다. 크게 한숨을 쉬고는 건반 앞에 가서 앉는다. 느린 동작으로 천천히 연주를 시작한다. 쇼팽. 연주와 함께 조명이 지아에게로 모아지며 합주실의 다른 공간으로부터 그를 격리한다. 편안함을 느끼며 곡이 서서히 느려진다.

3장

지아의 쇼팽이 계속 흘러나오는 가운데, 합주실 조명이 밝아지면 곡이 다시 빨라진다. 합주실은 크게 달라진 것이 없지만 지아의 표정은 조금 밝아 보인다. 민서는 지아의 옆에 앉아있고 남자 아이들은 환풍기가 있는 창가에 올라가 커튼 뒤에 숨어있다.

민서	야 너네 거기서 담배 피우는 거 다 티나거든? 냄새도 다 들어온단 말야. 딴 데 가서 피워 좀.
규동	(커튼 뒤에서) 어차피 환풍기 있어서 괜찮거든요? 여기 환풍기에 대고 있는데 왜 냄새가 나냐. 괜히 지랄이야.
우진	쌤 오나 좀 봐줘. 어차피 안 올 시간이긴 한데.
규동	안 와, 안 와.
민서	니네 진짜 다 말할 거야. 진짜 나도 몰라.
규동	너 그러는 거 아니다? 밴드는 가족이야. 가족끼린 어? 지켜줘야지.
민서	아 몰라, 냄새난다고 진짜!

남자 아이들이 커튼을 젖히고 창가에서 내려와 지아와 민서 쪽으로 다가간다. 셋이 동시에 민서에게 후- 하고 바람을 분다. 지아, 피아노 연주를 멈추고 웃는다.

민서	아씨, 진짜 나네, 간접흡연 몸에 안 좋은 거 몰라?
규동	알아. 알아서 그러는 건데?
민서	(말문이 막혀서) 야… 나는 괜찮은데 우리 지아처럼 순수한 영혼은 지켜줘야 되는 거 아니냐?
규동	그럼 너부터 지아한테 떨어져 있어줘야 되는 거 아니냐? 지아 오염되겠다. 지아야. 쟤 너 없을 때 담배 존나 많이 펴. 골초야.
우진	야 솔직히 골초는 아니지. (사이) 개골초지.
민서	어처구니가 없네 정말. (지아 귀를 막으며) 지아야 저런 거 듣지 마.
우진	(규동에게) 내가 틀린 말 했냐?
규동	아니. 존나 맞는 말이지.
지섭	솔직히 근데, 지아도 이제 적응할 때 됐어.
지아	(웃으며) 우리 연습하자, 이제.

민서 지아가 연습하재. 그만 쳐 놀고.

규동 지아는 그만 쳐 놀고 같은 쌍스런 말 안 쓰거든요?

민서 (드럼 스틱을 집어들며) 이게, 진짜!

규동 무기, 반칙!

우진 하자하자하자. 그만!

우진의 말에 다들 자기 자리로 가서 연주할 준비를 한다. 의미 없는 튜닝 몇 번 끝에 비로소 연주하려는 순간 민서의 핸드폰 소리.

민서 야 잠깐만, 잠깐만!

규동 쟤 정말 양아치다.

민서 잠깐만, 잠깐만, 중요한 전화야 잠깐만. (전화를 받는다) 여보세요? 어 나 연습 중. 왜?

규동 졸라 매너 없어. (기타로 소음을 낸다)

민서 (핸드폰 마이크를 손으로 막고 규동에게) 너 진짜! 아 잠깐만 좀! (다시 전화) 여보세요? 어 이규동 장난치잖아. 어 그런데. 어. 어? 진짜야? 어딘데. 어. 알았어 문자로 보내. (전화를 끊는다) 야 나 오늘 연습 못할 것 같아. 어디 가야 돼.

우진 어딜 가. 우리 연습 하나도 안했잖아.

민서 니들 축구하고 온다고 못한 거잖아. 내일 해 우리.

규동 어디 가는데?

민서 최윤석 그 개새끼가 여자애들이랑 노래방 갔대잖아.

규동 야, 윤석이 좀 놔줘. 그거 병이다. 집착병.

민서 너부터 죽고 싶냐. 여하튼 나 오늘 못하겠어. 지아야 진짜 미안! 내일 보자!

민서, 빠르게 짐을 챙겨 퇴장.

지섭	드럼이 없으면 어떡하… 갔네.
규동	헐. 개 어이없네. 쟤 진짜 양아치 아니냐?
우진	냅둬. 좋다잖냐. 그럼 오늘 연습 제대로 못하겠다. 지아야 미안.
지아	어…, 아냐 괜찮아.

잠시 정적.

규동	(핸드폰을 보며) 야, 잠깐만. 나도 가야겠다.
우진	넌 또 어딜 가는데?
규동	윤석이가 노래방 잡아놨다고 오래. 여자애들 둘 있다고. 너도 갈래?
우진	윤석이? 방금 주민서 갔잖아.
규동	그러니까 윤석이랑 민서 빼고 2대 2 딱 되지. 남자 둘, 여자 둘. (가방을 들쳐 메며) 나 일단 간다? 지아 안녕! (빠르게 퇴장)
지섭	나도 간다! (빠르게 퇴장)
우진	(문 밖을 향해) 야! 야 이… 너 진짜 그러고 가는 거야? 헐 진짜 대단하다. (돌아서 지아를 향해 멋쩍은 듯이) 지아야, 우리 애들 진짜 대단하지.
지아	(웃으며) 응. 재밌어.
우진	재밌어하면 안 되지! 아 진짜, 기껏 건반 모셔왔는데. 쟤네 정말 너무하다.

정적.

우진	너는 노래방 안 가?
지아	어? 응. 내가 무슨 노래야.
우진	너 우리 보컬이잖아.

정적.

우진　에이, 맨날 여기서 노래하는데 가서 뭐해. 지겨워.
지아　그렇구나.

정적.

우진　어, 음. 너는 취미가 뭐야? 피아노 말고.
지아　나? 나는 그냥… 책 보고… 일기 쓰고.
우진　그렇구나. (사이) 일기도 써? 초딩 때 쓰던 거?
지아　응. 매일은 아니고 그냥.
우진　그렇구나.

정적.

우진　(시계를 본다) 어, 뭐하지. 나 이따 학원갈 때까지 시간이 좀 뜨는데. (사이) 오늘 합주는 못할 것 같고, 어, 저기. 나 피아노 좀 쳐주면 안 돼?
지아　(놀라며) 어? 왜?
우진　아니, 그냥. 아니야, 아니 그냥 있으면 심심하니까. 아니 집에 가야되면 가도 돼. 나 혼자 연습하다 가지 뭐.
지아　나도 연습하면 되긴 한데, 내가 치는 건 다 클래식이라서…
우진　클래식도 좋아. 어, 나도 맨날 락만 듣는 거 아니거든. 나 사실 힙합 좋아해.
지아　진짜? 의외다.

정적.

우진	어…, 내가 방해하는 것 같아서 그냥 먼저 가볼게. 학원 좀 일찍 가는 셈 치지 뭐. 열쇠는 안 잠가도 돼.
지아	아니야, 같이 연습해.
우진	(기다렸다는 듯이) 그럴까? 그래도 돼?
지아	응.

정적. 어색한 분위기.

지아	나 클래식은 아니고, 뉴에이지도 가끔 쳐.
우진	뉴에이지? 처음 들어봐.
지아	나 부탁이 있는데, 피아노 쳐 줄 테니 들어줄래?
우진	응? 무슨 부탁? 뭔데? 그냥 말해도 돼.
지아	아니, 그. 내가 잘 어울리지 않는 것 같아서.
우진	네가? 야, 너 우리랑 어울리면 안 되지! 우린 정말 쓰레기 같은 애들인데! 참, 나는 그 중에서 제일 덜 쓰레기 같고.
지아	아니야, 무슨 쓰레기야. 너네 정말 멋있어.
우진	사실 좀 멋있긴 해. 너 전학 와서 우리 학교 축제 모르지? 우리 인기 진짜 많아. 규동이 여고생 누나들한테서 막 편지 오고 그랬어.
지아	응, 그럴 것 같아.
우진	나는 어떨 것 같은데?
지아	너도 인기 많잖아.
우진	어, 그런가, 그렇지. 그래서 부탁이 뭐야?
지아	아까 그거 있잖아… 나도 한 번 해볼까 해서…
우진	뭐?
지아	아까 그거…
우진	(몹시 당황하며) 뭐? 담배? 야 안돼! 말도 안 되는 소리 하지마. 너 진짜 그러면 안 돼. 아니지 담배 가르쳐주는 친구가 제일 나쁜 친

구야. 그래서 이규동이 진짜 나쁜 새끼고. 담배는 절대 안 돼.

지아   응… 나는 그냥 궁금해서.

우진   궁금할 수는 있는데, 궁금하면 안 돼.

지아   응. 알았어.

정적.

우진   담배 말고는 없어?

지아   응.

정적.

우진   다시 말하지만 담배는 절대 안 돼.

지아   알았어.

정적.

우진   (자리에서 벌떡 일어나며) 아씨! 알았어. 딱 한 번이다? 너 내가 가르
쳐줬다고 누구한테 말하면 절대 안 돼. 아니, 담배 피웠다고 말하
면 안 돼. 알았지?

지아   응.

우진   그냥 궁금할 수 있어서 그래서 가르쳐 주는 거야. 피워보면 얼마
나 나쁜 건지 아니까.

지아   응. 알았어.

우진   다시 말하지만 진짜 나쁜 거야.

지아   응.

우진   그럼 이리와 봐.

우진, 지아를 창가로 데려간다. 둘은 창틀을 밟고 올라가 환풍기 앞에 선다.

우진 자. (담배를 건넨다) 이렇게 물고, 숨 들이마셔 봐. (불을 붙여준다)

지아, 담배를 잘 피운다.

우진 어? 너 엄청 잘 피우는데? 기침도 안하고, 원래 담배 피우는 거 아냐?
지아 아니야. (웃음) 근데 이건 어디서 사?
우진 다 구하는 데가 있어. 애는 몰라도 돼.

둘, 같이 담배를 물고 웃는다. 뉴에이지 풍의 피아노 곡과 함께 암전.

4장

피아노 곡에 드럼 비트가 따라붙으며 모던 록 스타일로 변한다. 어두운 가운데 옅은 조명이 들어오면 어렴풋이 연주에 열중하는 우진, 민서, 규동의 모습이 보인다. 신디사이저 앞에 앉아있는 지아의 주변이 점점 밝아지는 동시에 노래는 점점 느려져 점차 한두 음만이 길게 늘어진다. 악보상의 몇 프레이즈가 끝날 때마다 지아의 행동과 모습이 달라진다.

지아 어렸을 때는 나도 특별한 사람이 되고 싶었다. 그 시절 모든 아이들의 꿈이 대통령이며 연예인이며 반짝반짝 빛나는 별 같은 사람

들이었던 것처럼. 밤하늘 수많은 별들 가운데 내가 빛날 자리 하나 있을 거라고 생각했었다. 나는 피아니스트가 되고 싶었다. 하지만 알게 됐어. 내가 그만큼 재능이 없다는 것도, 긴장만 하면 실례를 하는 큰 결점이 있다는 것도, 그리고 내가 이렇게 내 자신을 냉정하게 판단할 수 있다는 것도.

지아, 자리에서 일어난다.

지아　대통령 대신, 피아니스트 대신 나는 평범하게 지내고 싶다는 목표를 세울 수밖에 없었다. 아무 때나 오줌을 싸는 사람은 평범하지 않아. 평범한 사람은 눈에 띄지 않으니까 긴장할 일도 없었다. 질풍노도의 시기를 보내는 내 또래 아이들은 좋겠다. 아무런 제약 없이 특별한 척 행동할 수 있어서. 특별한 사람이 되고 싶다는 꿈을 꿀 수 있어서.

지아는 담배를 물고 불을 붙인다.

지아　이 학교에 오기 전에는 그렇게 생각했다. 정확히는, 이 친구들을 만나기 전에는. 이 아이들은 평범한 나를 특별하게 생각해주었다. 오글거리는 말이지만 사실. 그리고 이 친구들과 있을 땐 그 빌어먹을 파도 소리도 들리지 않아. 마치 이 밴드를 강요하듯 다른 때는 그렇게 날 괴롭히던 파도가 여기서는 전혀 치지 않아. 어쩌면 나는,

음악이 멈추고 지아는 담배를 입에 문 채, 안경과 넥타이를 벗는다. 지아 퇴장. 잠시 후 조명이 밝게 들어온다.

민서　지아 언제 온대?

우진　몰라 금방 오겠지. 그걸 왜 나한테 물어봐?

민서　너 지아랑 제일 친하잖아, 짝꿍이잖아. 언제 사귈 거야?

우진　그게 뭔 소리야.

민서　왜 저번에 둘이 노래방 가서 사진 올리고 그랬잖아.

우진　그건 다, 음악적인 발전을 위해 서로 토론도 하고 그럴 겸.

규동　헐. 너 나 빼놓고 지아랑 노래방 간 거야? 어제?

우진　연락하려고 했는데 너 핸드폰 뺏겼잖아.

규동　분명히 연락할 방법 있었을 텐데, 수상해.

우진　지아랑 진짜 그런 사이 아니야. 지아 착한 애야.

민서　응, 그러니까 더 그러면 안되지 그런 착한 지아한테.

지아, 문을 열고 들어온다. 안경도 벗고 교복도 줄여입은 모습이다. 일동, 지아의 모습을 보고 당황한다.

우진　와…

지아　응. (멋쩍은듯 웃는다)

민서　야, 정우진! 너 진짜 노답이다. (지아에게) 지아야, 너 누가 이 언니 허락도 없이 교복 줄여입고 다니랬어. 어? 우리 순수한 지아 저 새끼가 다 망쳐놨네. 쟤가 막 이렇게 입으라고 시켰어?

지아　아니야, 그냥 내가 했어.

규동　야 근데 지아 꾸미니까 졸라 예쁘다. 누구랑 다르게.

민서　(무시하고 가까이 다가가서) 너 화장도 했네? 대박.

지아　어, 쫌… 한 번 그냥… 해봤어.

민서　쫌이 아닌데? (화내듯이) 너 진짜 (잠시 사이, 신나서) 화장 이렇게 하면 안 돼. 언니가 가르쳐줄게. 와, 근데 정우진 진짜 대단하다. 애를 이렇게 다 물들여놓냐.

우진	내가 뭘, 나 아무것도 안했어.
민서	너네는 존재 자체가 방사능이야. 지아야, 쟤랑 너무 친하게 지내지 마.
지아	우진이 좋은 친구야.
민서	들었어? 너는 지아한테 그저 친구일뿐이라는 거?
우진	야, 나 아무 말도 안했거든?
지아	우리 연습하자, 요새 놀기만 해서 잘 못했잖아.
규동	그래, 지아 말 좀 듣자. 연습! 여어어어언습! 전에 잠깐 딱 5분만 쉬었다 하면 안되겠니? 우리 떡, 먹을, 시간, 와아!
민서	쟤네들 진짜 답 없네, 너네 담배피우는 거 지아 되게 싫어해. 지아야 뭐라고 좀 해.
지아	아냐, 괜찮아. 저, 이거. 이거 피우는 거 맞지?
민서	지아야 이거 어디서 났어! 야! 정우진!
우진	너 이거 산 거야?
지아	응.
우진	아이씨… 이럴 것 같긴 했는데.
지아	근데 라이터는 켤 줄 몰라. 내가 하니까 안 켜지더라.
규동	지아 진짜 담배 피워? 와 정우진이 진짜 다 버려놨네.
민서	지아야 안 돼. 지금이라도 잘 생각해봐.
지아	아냐, 나 너희들이랑 있을 때만 한 번 피워보려구.
규동	헐… 지아가 우리 가족이 됐어. (창가에 올라서며) 이리와.

우진, 창가에 먼저 올라선 뒤 지아의 손을 잡고 올려준다. 셋이 서기에는 약간 비좁다.

규동	주민서 너는 이따 피워. 여기 너까지 올라오면 무너지겠다.
민서	나 담배 진짜 안 피우거든! 나 담배냄새 진짜 싫어한다고!

우진	윤석이도 담배 피우지 않냐?
규동	윤석이도 개꼴초지.
민서	우리 윤석이는 괜찮거든? 너네랑 달라.
지아	근데 오늘은 우리끼리만 연습해?
우진	응, 그럼. 우리끼리만 연습하지 그럼 누구랑 같이 해?
지아	아니 우리 넷이서만?
규동	응, 우리 넷이서만. 왜? 누구 오기로 했어? 혹시 남자친구?
민서	지아 남친 온다고? 정우진 말고?
우진	야 나 진짜 아니거든?
민서	당연히 그래야지, 지아가 훨씬 아까운데. 이제 담배 피워서 조금 덜 아까워졌지만 그래도 너랑은 안 돼.
우진	아니라고, 쫌.
민서	빨리 내려와, 연습하게.
규동	잠깐만, 잠깐만, 마지막 한 모금.

우진, 규동, 지아 커튼을 걷고 창틀 아래로 내려와 각자 자기 자리로 가서 연주 준비를 한다. 민서가 드럼 스틱으로 신호를 주면 우진과 규동이 락 버전으로 편곡된 베토벤의 월광 소나타를 연주한다. 조명이 지아의 주변만 제외하고 다시 어두워지면 지아는 자리에서 일어선다.

지아	어쩌면 나는, 특별해지기 위한 조건을 찾지 못했을 뿐이었는지도 모른다. 달처럼 밝게 빛나길 바라지도 않았다. 별과 별 사이 어느 어두운 틈 한 군데는 나를 위한 곳이길 막연히 바랐다. 이제는 가스 구름에 쉬어가는 혜성이어도 좋아. 타버리고 끝나는 유성우라도 좋아. 나는 클래식보다는 밴드 음악에 어울리는 사람이었나 봐.

암전.

4.5장

명왕성의 하얀 바다. 지섭, 우물 옆에 앉아 바다를 보고 있다. 지아 등장.

지아　어디 갔었어?

지섭　아니 나는 계속 여기에 있었는데.

지아　그러니까, 오늘 왜 오지 않았느냐고.

지섭　어딜?

지아　오늘 말야.

지섭　가기 싫었어.

지아　무슨 일 있었어?

지섭　가기 싫었어. 그 뿐이야. 가기 싫으면 가지 않아도 되잖아.

지아　그렇지.

지섭　좋지 않았어?

지아　뭐가?

지섭　오늘 말야.

지아　응, 좋았어. 항상 그랬듯.

지섭　어제 하루 종일 고민했었잖아.

지아　그렇지.

지섭　친구들 때문에 말야.

지아　응.

지섭　널 싫어하게 될까봐 걱정했었지?

지아　조금.

지섭　조금이 아니었어. 넌 나에게 거짓말을 할 수 없어. 잠들기 직전까지도 걱정했잖아. 하지만 아무도 널 싫어하지 않았어. 그렇지?

지아　놀란 것 같기는 했어.

지섭	그럴 수 있어. (사이) 앞으로는 어떻게 할 생각이야?
지아	뭘?
지섭	화장을 한다고 해서 네가 바뀌는 게 아니잖아. 〈친구들〉이 널 알게 되면? 그때도 놀라기만 하고 끝날까.
지아	(사이) 모르겠어.
지섭	겁주려는 게 아니야. 걱정하는 것도 아니고. 단지 네 의견을 물어보는 거야.

지아, 아무 대답도 하지 않는다. 지섭, 지아를 바라보다가 모래톱을 손으로 훑더니 그 아래에서 지아의 책가방을 꺼낸다.

지섭	이게 필요할 거야.
지아	(침묵)
지섭	어딘가 떠나고 싶은 사람의 얼굴을 하고 있잖아.
지아	(침묵)
지섭	하지만 어린왕자처럼 별똥별 꼬리라도 잡는 게 아니라면, 넌 여기를 떠날 수 없어. 너도 알잖아.
지아	응, 나도 알아.
지섭	어디로 가고 싶은데?
지아	어디에 가지는 않을 거야.
지섭	그럼?
지아	여길 떠날 수 없다는 것을 이미 알고 있어.
지섭	그렇지. 궤도는 정해져 있어.
지아	궤도는 정해져 있어. 이 별은 항상 어딘가 날아가고 싶어 하는데 태양의 중력이 잡아당기니까, 그래서 궤도를 도는 거야. 아주 오래 전부터 그래왔고 아주 먼 미래까지도 계속 그럴 거야.
지섭	잘 알고 있네.

지아	하지만 이왕 궤도를 돌 거라면 이름도 없는 돌멩이보다는 행성이 낫지 않겠어?
지섭	아직도 행성 얘기를 하네. 그보다 행성이니 태양이니 하는 것들을 정말 믿는 거야?
지아	믿다니? 저기에 떠 있잖아. 목성처럼 크고 강하거나 지구처럼 푸른 별까지는 바라지도 않아.
지섭	사람은 믿고 싶은 것만을 볼 뿐이야. 너는 행성이라는 이름표가 너무 갖고 싶던 나머지 저기 떠있는 것을 행성이라고 믿을 뿐이야.
지아	넌 행성이 되고 싶지 않아? 단 한 번도 그런 적이 없어?
지섭	예전에도 말했듯, 나는 너보다 좀 더 냉정할 뿐이야. 설령 행성이 저기에 진짜 떠 있다고 해도 그리고 운 좋게 우리가 그 중 하나가 된다고 해도 우리는 태양 빛을 반사해서 반짝일 수 없어.
지아	왜?
지섭	왜냐면 나는, 아니 우리는 빛을 다 삼켜버릴 거거든. 태양 빛이건, 아니 저 먼 우주에서 가장 밝게 빛나는 별의 빛이건 우리는 어쩔 수 없어. 우리는 행성이 될 수 없어. 우리가 이름을 가진다고 해도 그건 잠깐의 위로만도 못해.
지아	너무 어려워. 쉽게 설명해줘.
지섭	너도 내가 하는 말을 이미 알고 있어. 잘 생각해봐.

5장

교무실 안. 차가운 하얀 벽 앞에서 규동과 우진, 엎드려있고 지아는 그

옆에서 무릎을 꿇고 있다. 규동은 많이 힘들어 보인다. 그들 앞에는 그들 반의 담임인 음악 선생이 차분한 목소리로 전화 중이다. 다른 선생들은 퇴근 준비를 마치고 규동과 우진을 향해 한 마디씩 악담을 퍼붓는다.

음악선생 아, 안녕하세요, 규동어머니. 아 네, 네. 별말씀을요. 어머니, 규동이를 어떡하면 좋을까요, 어머니. (한숨) 어머니, 규동이가 담배 피우는 것 알고 계셨어요? 네, 네. 당황스러우시죠, 네. 방과후에 밴드활동 하는 교실이 있는데, 어머니, 제가 아이들 축제 공연도 얼마 안남았겠다- 해서 피자라도 좀 시켜주려고, 네, 거기서 담배를 피우고 있더라구요. 네. 어머니, 아직 구체적인 징계나 정학, 그런 건 없는데요. 규동이가 장난스럽긴 해도 워낙 천진한 아이라 저도 어떻게 해야 할지를 모르겠어요. 어머니, 상황이 일단 그렇게 되었구요, 학교 규정 상 이런 일이 있을 때에는 학부모 면담을 해야 하는데요 어머니, 그래서 전화 드렸습니다. 언제가…, 아, 지금 오신다구요. 네, 어머니 알겠습니다. 네-.

과학선생 이거 완전 또라이새끼들 아냐, 선생님 얘네들 봐주면 안되요. 이런 애들이 그냥 냅두면 양아치 원단 되는 거예요. (지아가 화장한 것을 본다) 어쭈, 김지아, 너 전학온 지 얼마나 됐다고 발랑 까져서 남자애들이랑 이러고 다니니? 넌 부끄러움도 없니? 니들 부모님 뭐라 안하시니? 너희 담임선생님이 너네 반 얼마나 아끼시는진 알아? 어휴, 진짜… (사이) 저는 들어가 볼게요, 내일 뵈어요. (퇴근한다)

국어선생 예, 예. (아이들을 향해) 똑바로 해 이 새끼들아, 니네 우리반이었으면 엎드려뻗쳐로 안 끝났어. 3학년이나 되는 새끼들이 말이야, 어? 야, 이규동이. 너 제대로 안 하지. (사이) 정우진. 머 좋다꼬 핏노. 으이? 니 이거 기록 남으면 외고 못간다? 어휴.

음악선생 (전화를 내려놓고) 선생님이 너희들을 얼마나 믿었는지 아니? (사이)

일어나. 일어나서 이리 와봐.

셋은 그 자리에서 일어나 머뭇거리며 선생님 옆으로 가서 고개를 푹 숙이고 선다.

음악선생 선생님이 너희들한테 잘못한 게 있어? 학교생활이 힘드니?

아이들 아니요.

음악선생 너희 고등학교 안갈 거야? 인생 여기서 끝내? 중학교 3학년에서?

아이들 아니요.

음악선생 그런데 왜 그랬어. (사이) 너희 간도 참 크다. 학교에서 담배를 피울 생각을 해? 학교 교실에서?

국어선생 선생님, 요새 아들 그래갖고 정신 못 차립니다. 쥐 팰 수도 없고.

규동, 국어 선생을 흘끗 쳐다본다.

국어선생 니 뭐 잘했다고 눈을 부라려? 확 씨, 니네 쌤만 아니었으면 니네 오늘 집에 걸어서 못 갔어.

음악선생 규동아. 선생님이 너 얼마나 예뻐하는지 아니? 선생님들이 예쁘다 예쁘다 하니까, 언제까지 예뻐할 수 있나 시험해본 거야?

규동 아니요.

음악선생 (한숨) 우진아. 너 외고 가야지. (사이) 너 이걸로 징계 받고 그러면 외고 못 가. 선생님이 너 하고 싶은 대로 다 하게 해줬잖아. 밴드 한다 해서 선생님이 막았니? 내가 막은 적이 있어? 교사 생활 20년 동안 학교에서, 교실 안에서 담배 피우는 애들은 처음 봤어. 무슨 생각으로 그랬니. 들어보자.

우진 죄송해요.

음악선생 규동이, 우진이는 어머니 지금 오신다니까 너희가 직접 말씀드려.

무슨 짓을 했고, 왜 그랬는지. 선생님은 도저히 이해가 안 된다.

규동과 우진, 고개를 푹 숙인 채 말이 없다.

음악선생 대답해. 너희가 직접 말씀드려.
규동, 우진 네.
음악선생 지아야.

지아, 음악선생을 흘끗 본다.

음악선생 어머니께 아직 전화를 못드렸어. 충격받으실까봐. 나도 우리 지아가 이런 아이인 줄 몰랐는데 어머니는 오죽하시겠어. 여학생이 말야. (사이) 전학 많이 다녔잖니, 이제 고등학교도 가야 되는데 또 전학갈 수 없잖아. 선생님은 지아가 피아노도 치고, 또 또래에 비해 생각도 깊어 보여서 참 좋았거든. 근데 왜 그랬을까. 선생님 너무 배신감 느껴.

지아는 말없이 듣고 있다.

음악선생 원래 담배 피웠니?
지아 아니요.
음악선생 아니면, 친구들이 피워보라고 했어? 규동이가 피우라고 했어? 우진이가?
지아 아니에요.
음악선생 밴드하면서 피우라고 권했던 거 아니니?
지아 아니에요. 제가 (사이) 해보고 싶다고 했어요.
음악선생 누구한테.

우진   제가 줬어요.

멀리서 파도 치는 소리가 몇 번 들린다.

음악선생 정말 대단하다 너희. 아무리 생각해도 선생님은 이해가 안 돼. 너
        네 선배들도 아무리 양아치 같고 날라리 같던 아이들도 이러지는
        않았어. 학교 안에서 담배 피우지는 않았다고, 그것도 선생님들
        다 있는 시간에 교실에서 말야. 무슨 생각으로 그랬을지 궁금해
        정말. 이제 반항할 나이는 지난 것 같은데 이게 무슨 일일까, 우리
        반에서만 세 명이 그러니까, 선생님은 내가 아이들을 잘못 가르치
        고 있나, 화를 좀 냈어야 하나. 얘들아. 어떻게 했으면 좋겠니. 선
        생님이 어떻게 했으면 좋겠어?

음악선생, 책상에서 종이 몇 장과 펜을 잡히는대로 찾아 쥐고 아이들을
        상담 테이블로 데려간다.

음악선생 이리 와서 앉아. 어머니 오시기 전까지 여기에다 너희들이 언제
        어디서 무슨 일을 했고, 무슨 잘못을 했다는 내용하고 앞으로 어
        떻게 할 건지까지 써. 쓰고 있어. 김지아는 잠깐 선생님이랑 얘기
        좀 하고.

규동과 우진은 테이블에 앉아 반성문을 쓰기 시작한다. 지아는 음악선생
        과 함께 다시 음악선생 자리로 간다.

음악선생 지아야, 너 전 학교에서도 출석일수가 많이 모자라더라. 선생님은
        그게 몸이 안 좋아서 그런 거라고 알고 있었어. 그렇지?
지아   네.

음악선생 혹시 그거 때문이니?

지아 네?

음악선생 그 쫌 안 좋은 그거 때문에 너도 모르게 담배 피우고 그랬던 거야?

지아 아니에요.

음악선생 그럼 왜 갑자기 담배 피울 생각을 했을까, 우리 지아가.

지아는 고개를 숙인 채 말이 없다.

음악선생 솔직하게 말해도 돼. 선생님도 지아 때문에 많이 찾아봤는데, 마음이 불안하고 그러면 자기도 모르게 그럴 수 있어. 그런 거 아니니?

지아, 고개를 젓는다.

음악선생 어머니가 많이 걱정하실까봐 전화를 못드렸어. 어떡할까. 응? 어떡할까 지아야. 어떡할까. 어떡할까. 어떡할까.

반복되는 기타 리프의 날카로운 소리와 함께 공간이 바뀐다. 교실 안. 아이들은 각자 핸드폰을 보거나 수다를 떠는 중이다. 지아는 자기 자리에 앉아 엎드려있고 민서는 자리에서 일어나 칠판 옆에 붙은 종이를 읽는다.

민서 이규동, 정학 3일 및 봉사활동. 정우진, 정학 3일 및 봉사활동. 김지아, 벌점 15점 및 봉사활동. (사이) 씨발.

민서, 지아에게 다가간다.

민서   야, 김지아. 김지아 일어나. 얘기 좀 해.

지아는 반응이 없다.

민서   왜 너만 벌점이야? 다른 애들은 다 정학인데, 왜 너만 벌점이냐고. (사이) 정학당한 거 걔네들이 잘못한 거긴 한데, 잘못을 했으면 똑같이 받아야 되는 거 아냐? 왜 너만 벌점인데. (사이) 씨발, 말 좀 해. 너 원래 말 잘하잖아. 또 말 못하는 척 착한 척하는 거잖아. 너 선생님 앞에서도 이랬어? 아, 그랬나보다. 선생님 앞에서도 저 말 못해요, 했겠지. 그러니까 너만 빠져나온 거 아냐. 아무것도 모르는 얼굴로 걔네들이 담배 피우라고 했어요, 그랬으니까 너만 벌점이고 걔네들은 정학 먹은 거 아냐.

윤석, 다른 아이들과 이야기하다가 민서 쪽을 보고 다가온다.

민서   너 오기 전부터 연습 했었어 우리. 너 전학 오기 1년 전부터 연습 했다고. 근데 네가 걔네들한테 다 덮어씌워서 아예 정학 먹고 밴드 없어지게 생겼잖아. 근데 넌 책임도 없다는 것처럼 엎어져서 잠이나 주무시겠다? 야 김지아. 일어나! 씨발년아 일어나라고!

흥분한 민서를 윤석이 말리는 가운데 민서, 지아가 앉아있던 의자를 발로 찬다. 지아, 넘어진다. 파도 소리가 들린다.

민서   너 진짜 어이없어. 우리가 좀 친하게 지내주니까 만만했나봐.
지아   아니야. 난 아무 말도 안했어.
민서   뭘 아무 말도 안해, 아무 말도 안하기는. 그런데 너만 벌점이고 딴 애들은 왜 다 정학인데.

지아	난 몰라.
민서	모른 척하고, 착한 척하고, 그럼 끝이냐? 끝이냐고.
지아	민서야. 나 정말 몰라.
민서	씨발년아. (지아에게 달려든다)
지아	나 진짜 모른다니까. 진짜 몰라. 나한테 왜 그래.

민서와 지아 몸싸움. 지아 다시 넘어지는데 바닥에 물이 흥건하다.

민서 이게 뭐야. (지아를 내려다보며) 야 김지아, 너 오줌 싸냐?

지아, 울음을 터뜨린다.

민서 뭐 이런 미친년이 다있어. 진짜 미친년이었네. 처음부터 알아봤어. 너 내가 처음부터 알아봤다고. 너 이래서 전학 온 거잖아. 내가 옆학교 애들한테 다 물어봤어. 미친년이라고 아주 유명하더라, 장애인이면 특수학교나 갈 것이지 왜 여기 와서 지랄이야 진짜!

민서의 말이 끝나자마자 잠시 암전되었다가 다시 조명이 들어오면 하얀 파도가 치는 하얀 백사장이다.
지아는 우물 샘 앞에 쪼그려 앉아 있다. 지아는 수 초간 망설인 후 용기를 내어 우물을 들여다본다.
백사장 저 편에서 지섭이 등장한다.
지섭, 지아에게 다가가 어깨에 손을 얹는다.
암전.

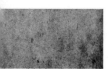

6장

밴드 합주실 안. 어색한 분위기 속에서 지아와 민서, 규동이 각각 연습 준비를 하고 있다.

규동　　우진이는 언제 온대?

민서　　몰라.

규동　　어디 갔는데.

민서　　몰라.

규동　　오긴 한대? 연락해봤어?

민서　　안 해봤어.

　　　　　　짧은 침묵.

규동　　야 너무하다. 진짜 분위기 이렇게 만들 거야? 정학당한 건 나랑 우진인데 왜 니들이 싸우고 그래. (한숨) 주민서 너 지아한테 미안하다 사과는 했어?

지아　　응 했어. 우리 괜찮아.

규동　　주민서, 네가 그렇게 화를 치니까 들어오는 여자애들마다 나간 거 아냐.

민서　　(규동을 노려보며) 뭐?

규동　　내 말은, 성질을 좀 죽일 필요가 있다 이거지.

민서　　너는 그 사고를 쳐놓고 일주일만에 연습 와서 고작 한다는 소리가 그거야? 내가 이 밴드 살리려고 얼마나 교무실 가서 빌었는 줄 알아? 너 나한테 그러면 안 돼.

규동　　어우, 나 싸우자는 거 아냐. 알았어, 미안해. 진정해.

민서 (흥분해서) 정우진 이 개새끼는 언제 오는 거야, 아, 씨발!

지아 오늘 누구 데리고 온댔어.

민서 누굴 데려와.

지아 몰라, 말 안 해줬어.

규동 난 알아, 너네 깜짝 놀랄 걸.

민서 누군데? 여자야?

규동 이따 보면 알아, 어 왔네 우진이.

우진, 문을 열고 들어온다. 로나가 그 뒤를 이어 들어온다.

민서 (어처구니없다는 듯이) 너 네 여자친구 때문에 늦은 거야? 진짜, 너
네들 제 정신이야? 돌아버리겠네.

규동 왜, 안될 것도 없잖아. 예전에도 종종 놀러왔는데 이제는 안될 이
유 있어?

민서 잘들 나셨어, 정말. 너넨 항상 너네만 생각하지. 사고치고 싶을 때
사고치고 나 몰라라 하고, 시간약속 한 번 제대로 안 지키고. 이럴
거면 뭐하러 같이 밴드하자고 했어.

우진 쉿. 로나가 우리 연습하는 거 보고 싶다고 해서 데려온 거야. 연습
방해하려고 그런 게 아니라. (지아에게) 아, 얘가 로나야. 우리 예전
키보드였어. 이쪽은 김지아, 지금 우리 키보드.

로나 안녕.

지아 안녕.

로나 피아노 잘 친다면서. 나도 피아노 쳐.

지아 아냐, 그냥 조금.

우진 주민서, 미안. 이제 화 풀어, 결과적으론 다 잘 됐잖아. 축제 나갈
수 있어.

민서 이제 화 풀어?

우진	응.
민서	너네들이 뭘 했다고 내가 화를 풀어.
우진	미안하다구.
로나	규동이랑 민서는 여전하네. 쟤네 아직도 매일 시끄럽지?
민서	내가 밴드 아예 없애버린다는 거 선생님 찾아가서 얼마나 빌었는 줄 알아? 너네 알긴 하냐고, 진짜 너네 정학 맞고 맨날 피씨방만 다녔잖아.
지아	응? 아냐.
우진	미안.
로나	지나치게 활달하긴 해 그치?
민서	짜증나 정말. 내가 왜 이걸 하겠다고 이러고 있는지도 모르겠어.
지아	응.
규동	무대 올라가면 제일 좋아할 거면서.
로나	둘이 잘 어울리는데 말야.
민서	뭐?

로나, 피아노로 다가가 민서 옆에 앉는다.

규동	너 무대 위에서 관심 받는 게 좋아서 밴드 하는 거잖아.
로나	요새 치는 거 있어?
민서	너 지금 나한테 시비거는 거야?
지아	그냥, 우리 맨날 합주하는 거.
규동	아니, 그냥 말이 그렇다는 거지. 너 누가 박수라도 쳐주면 아주 환장해서 박자도 빨라지고 그러잖아.
로나	그런 거 말구, 혼자 연습할 때 친다던가 하는 거.
민서	그거랑 이게 지금 무슨 상관인데?
지아	아…

규동	그냥 내 말은, 너 밴드 좋아서 하는 거라구.
로나	없어?
민서	그래! 나 내가 좋아서 한다. 너넨 안 좋아하겠지만, 난 내가 좋아서 너들 뒤치다꺼리 하고 다닌다고. 내가 그러는 걸 알긴 아는가 보네. 나, 니들이 연습실에서 담배 피우고 여친 데려와도 아무 말 안했어. 나한테 장난쳐도 가만히 넘어갔다고. 그러면 도와주지는 못할망정 나한테 피해는 주지 말아야지, 너넨 이 밴드를 거의 없 앨 뻔했잖아!
지아	잘 모르겠어. 베토벤 정도.
로나	아, 그렇구나. (사이) 난 예고 입시 준비하고 있거든. 너는?
지아	아니 난 그정도는 아니야.
로나	내가 쳐봐도 될까? 저기 싸우는 소리 듣기 싫은데
지아	응.
로나	정말 그래도 돼?
지아	응, 괜찮아. 내 악기도 아닌 걸.
로나	흐음.

로나, 민서의 말이 끝나자마자 피아노를 연주하기 시작한다.
규동, 우진, 민서, 로나를 돌아다 본다.

우진	예전에 로나랑 할 때는 건반 없었잖아. 근데 우리 건반 생겼다고 했더니 꼭 와보고 싶다 하더라구.
규동	로나 예고 입시한다더니 훨씬 잘 친다. 이젠 진짜 우리랑 레벨이 다르네.
로나	(피아노를 연주하며) 아니, 그 정도는 아니야. 나도 매일 이것만 치 다 보니까.
규동	어때? 전문가 입장에선?

지아　　정말 잘 친다…

로나, 건반 연주에 몰두하다 금세 다들 말이 없어졌다는 것을 깨닫고 그만둔다.

민서　　야, 한창 듣고 있는데 더 치지.

로나　　아냐 됐어. 손님으로 왔는데 내가 계속 치고 있으면 실례잖아. 연습해. 연습하는 거 구경하다가 갈게.

규동　　지아야. 너도 뭔가 보여줘.

지아　　응? 아니야 나는 이렇게 못 쳐.

규동　　야, 지지 마. 우리 이제 가족이잖아. 우리 가족의 힘을 보여줘.

민서　　너 제발 헛소리 좀 하지 마. 쟤 부담스러워 하잖아.

우진　　지아야. 그거 쳐줘. 월광 있잖아. 내가 너 데리고 온 날 그거.

지아　　다 까먹었어. 못 쳐. (웃음) 미안, 다음에.

로나　　월광? 이거 얘기하는 거야?

로나, 다시 자리에 앉아 피아노 연주. 곡은 월광 소나타의 빠른 박자 변주. 로나의 피아노 소리와 함께 파도 소리가 다시 들린다. 아이들의 환호와 파도 소리가 번갈아가며 서로 섞인다. 지아는 로나를 바라보다 질끈 눈을 감는다. 로나의 피아노 소리가 점점 커지며 암전.

6.5장

교실 안. 조명이 들어오면 지아는 책상 위에 엎드려 있다. 지아의 옆 자

리에는 우진 대신 지섭이 앉아있다. 지아, 엎드려 있다가 지섭을 보고 일
어난다.

지아　너 왜 여기 있어? 어디 갔다 왔어. 연습도 안 오고. 다들 널 기다리
　　　는 데, 우리 기타 어디 갔냐고 한참 찾았어.

지섭　거짓말.

지아　맞아, 사실 거짓말이야. 다들 이상해. 네가 없어졌는데 아무도 신
　　　경쓰지 않아.

지섭　지아야, 너는 해왕성 다음에 무슨 별이 있는지 아니.

지아　명왕성?

지섭　아니. 명왕성은 너무 작아서 이제 더 이상 행성이 아니야.

지아　그럼 뭐가 있어?

지섭　수 없이 많은 소행성들과 작은 돌멩이들. 그것 말고는 아무 것도
　　　없어.

지아　그럼 해왕성 다음에는 별이 없다는 말이야?

지섭　그 돌멩이들을 별이라고 부르지 않겠다면, 해왕성 다음엔 아무 것
　　　도 없어.

지아　별이 뭔데?

지섭　반짝반짝 빛나는 아주 거대한 돌멩이.

지아　해왕성 뒤에 있는 돌멩이들이 별이 아닌 건 빛나지 않아서야?

지섭　응. 그리고 충분히 거대하지 않아서지.

지아　그럼 그 우물 안에는 뭐가 있었을까.

지섭　무슨 우물?

지아　그 우물.

지섭　하얀 명왕성의 하얀 모래밭에 있는 까만 우물 말이야?

지아　응. 까만 돌로 주위가 둘러진 우물.

지섭　그 안에는 아무 것도 없어.

지아	그럼 거기에는 왜 우물처럼 돌을 쌓아놓은 거야?
지섭	거기에 아무것도 없는 이유는, 우물이 없기 때문이야.
지아	무슨 말이야.
지섭	달이 밝고 구름이 흐르고 하늘이 펼치고 파아란 바람이 부는 가을의 가없은 사나이는 이제 우물 속에 없거든. 그래서 우물을 지워버렸어.
지아	무슨 말이야. 무슨 뜻인지 모르겠어. 그건 시야?
지섭	아니 이건 시 같은 게 아니야. 지아야. 명왕성에는 바다가 없어. 바다가 없으니 모래밭도 없고, 우물도 없어.
지아	그럼 내 기억이 조작된 거야?
지섭	별도 아닌 작은 돌멩이에는 바다가 있을 수 없어. 바다는 거대하니까, 작은 돌멩이가 품지 못해.
지아	지섭아. 나 네 말이 너무 어려워.
지섭	사나이가 우물을 나오자마자 제일 처음 한 행동은 우물을 메워버리는 것이었어. 그렇지 않으면 다른 사람이 빠질 수도 있으니까.
지아	무슨 말을 하는지 진짜 모르겠어. 무슨 시 같아.
지섭	이제 다음은 별이었다가 별이 아니게 된 작은 돌멩이 차례야. 너는 이 돌멩이로 우물을 메워야 해.
지아	무서워. 나 네가 무슨 말 하는지 정말 모르겠어. 나 무서워.
지섭	내 말대로 해. (파도 소리)
지아	무슨 말인지 모르겠단 말야. 나는 그냥 평범하고 싶어.
지섭	내 말대로 해. (파도 소리)
지아	화장실에 가고 싶어.
지섭	내 말대로 해. (파도 소리)
지아	화장실에 가고 싶어.
지섭	내 말대로. (파도 소리, 파도를 넘어선 폭풍우 소리)

짧은 침묵.

지아   (아주 천천히 떨어진 돌들을 줍듯이) 화장실은 / 평범합니다 / 베토벤 / 악보는 / 독수리발톱을 / 거부한다 / 3.2 킬로그램 / 모차르트 / 초등학교 / 엄마는 / 미워져 돌아갑니다 / 리스트 / 재능이 / 냉정하게 / 어울린다 / 가스 구름 / 화장실에 / 공주님은 / 평범한 딸을 낳습니다 (지아를 연기하는 배우가 직접 지금까지 나왔던 지아 혹은 지섭의 말 중에서 몇 어절을 골라 무작위로 섞는다. 그의 의식이 붕괴하여 허공을 파편처럼 떠다니는 것을 의미한다)

지아, 외마디 비명과 함께 꿈에서 깬다. 옆 자리에는 우진이 앉아있고, 과학 수업 시간이다.

과학선생   너 정말 가지가지 하는구나. 빨리 일어나서 화장실 가서 세수하고 와. 여러분 들으세요. 앞으로 내 수업시간에 졸린 사람 있으면 그냥 조용히 일어나서 화장실가서 세수하고 오세요. 알았죠?

아이들   네.

지아가 일어나서 문 닫고 나가면 암전.

7장

하얀 해변에서 미동도 하지 않은 채 우물을 내려다보는 지아의 모습이 보인다. 그 주위에서 깜빡이듯 다른 아이들의 장면이 나타났다가

사라진다.

로나   내가 정말 가도 될까?

우진   너만 괜찮으면. 어차피 이제 입시 끝나서 시간도 많지 않아?

로나   아직 하나 남았어.

우진   그럼 와서 그거 연습하면 안 돼? 우린 너 피아노 치는 것만 들어도 좋은 걸.

로나   하루 종일 한 곡만 쳐서, 거기까지 가서 치고 싶지는 않아. 근데 너희 연습은 안 하고?

우진   에이, 우리는 신경쓰지 마. (사이) 사실 우리 연습 못한 지 꽤 됐어.

로나   왜?

우진   지아가, 그 건반 하는 친구 있잖아. 걔가 요새 학교를 안 오거든. 가끔 오긴 하는데 점심시간쯤 지나면 조퇴해.

로나   정말? 무슨 일 있는 거 아니야?

우진   몸이 좀 안 좋은가봐.

로나   안됐다.

우진   안타까운 일이야.

로나   내가 안 됐다고 한 건, 너 말이야.

우진   내가 왜?

로나   새로 건반 구해보겠다고 애썼었잖아. 둘이서 시내도 놀러가고 그랬다며? 걔한테 관심있었나봐. 어떻게 나 전학가자마자…

우진   아니야! 그런 거 아니라 지아가 적응을 못하는 것 같아서 그랬어.

로나   흥, 알아. 농담이야.

우진   그럼 이따가 데리러 갈까?

로나   아니야, 뭘. 혼자 가도 돼.

우진   빨리 보고 싶으니까 그렇지.

로나   말이나 못하면.

우진	입시 끝나면 우리 연습 좀 도와줘. 지아가 계속 안 나올 수도 있어서.
로나	생각해볼게.
우진	공연도 같이 하는 건 힘들겠지?
로나	내가?
우진	응. 지아가 돌아온다 해도 애들이 받아주지 않을 것 같거든.
로나	넌 참… 가끔씩 진심으로 궁금할 때가 있어.
우진	뭐가 궁금해?
로나	넌 내가 좋은 거야, 아니면 내가 피아노 치는 것이 좋은 거야?
우진	음… 글쎄. 생각해볼게.
로나	뭐?
우진	당연히 너지! 나도 농담이었어.
로나	네 농담은 하나도 재미 없거든.

규동, 지아에게 텍스트 메시지를 보내고 있다.

〈이규동 : 김지아 안녕 단톡방말고 이렇게 일대일카톡은 첨인 것 같네 몸은 좀 어때 빨리 낳으렴 보〉

규동	보… 보고싶… 다… 들… 다들!

〈이규동 : 김지아 안녕 단톡방말고 이렇게 일대일카톡은 첨인 것 같네 몸은 좀 어때 빨리 낳으렴 다들 보고 싶어해〉

규동	다들 보고 싶어해! 전송!

〈전화 왔습니다 : 주민서〉

규동   아, 깜짝이야. 왜! 왜!

민서   왜 소리를 질러? 너 뭐 이상한 짓 하고 있었지?

규동   내가 무슨 이상한 짓을 해!

민서   근데 왜 전화받자마자 소리를 지르는데?

규동   반가워서 그래, 반가워서.

민서   솔직히 말해봐. 뭐 하고 있었어?

규동   아, 몰라. 그냥 있었어. 왜.

민서   수상한데. 너 지금 이거 완전 잘못했을 때 목소리야.

규동   헛소리 하지 마. 네가 날 어떻게 알아?

민서   너랑 나랑 초등학교 1학년 때부터 같은 반이거든? 난 이제 네 목소리만 들어도 잘못했는지 아닌지 다 알아.

규동   무슨 말 같지도 않은 소리를 하고 있어. 왜 전화했어, 그래서.

민서   그때 건반 가져온 거 있잖아.

규동   엉.

민서   김지아도 안 나오는데 그거 굳이 필요하냐? 빨리 다시 갖다 놓는 게 좋지 않아?

규동   그거 내가 알아서 할게.

민서   뭘 알아서 해. 너 그거 걸리면 소년원 가는 거야, 멍청아.

규동   초범은 안 가거든? 내가 다 찾아봤어.

민서   그걸 찾아봤다고? 야! (한숨) 그래 너 알아서 해라.

규동   그리고 지아 안 와도 그거 갖다놓으면 안 돼.

민서   왜?

규동   로나 입시 끝나고 다음 주부터 다시 오기로 했어. 근데 로나 건반은 그쪽 학교에 있어서 가지고 올 수가 없대.

민서   로나가 해도 된대? 이제 우리학교 학생도 아니잖아.

규동   우진이가 담임한테 허락도 받았어. 아마 공연도 같이 할 거야.

민서   다행이다. 정말 잘 됐다. 김지아 걔 때문에 이번에도 망하는 줄 알

앉는데.

규동 지아 너무 욕하지 마. 지아가 안 나오고 싶어서 안 나오는 게 아니
잖아.

민서 뭐가 아니야, 정신병자라고 다들 봐주니까 더 그런 거잖아. 자꾸
봐주니까 다 자기 맘대로 하는 거라고.

규동 너 말이 좀 심해.

민서 너도 솔직히 인정해. 우리만큼 받아준 애들 없을걸. 내가 학원에
서 다른 학교 애들한테 들은 게 있어. 얘기 안하려고 했는데, 걔
우리 학교 오기 전에도 계속 여기저기 다니면서 사고 쳐서 전학
다녔대. ○○여중에서는 교실에 불 질렀다던데.

규동 나도 들었어.

민서 뭐? 언제 들었어?

규동 사실 지아 처음 온 날 우진이가 얘기해줬었어. 지아가 정신적으로
어려움이 있다고, 그래서 우리가 더 잘해줘야 된다고.

민서 근데 왜 나한테는 말 안했어?

규동 너한테 말하면 싫어할까봐 그랬지, 지금처럼 욕할까봐.

민서 나한테 말했으면 난 진작 걔한테 친절하게 대하지 않았을 거야.
당연하잖아. 우리는 무대 위에서 미치지 않고 공연을 할 수 있는
정상인이 필요해. 피아노를 아무리 잘 쳐도, 로나만큼, 아니 로나
보다 더 잘 쳐도 미친년은 언제나 사양이야.

규동 너 진짜 말조심 좀 해!

민서 나는 너희보다 더 솔직할 뿐이야. 너흰 다 위선자고. 어쨌든 이제
로나가 온다니 다행이네. 알았어, 끊어.

규동 야!

규동, 전화가 끊어진 걸 확인하고 울컥하여 핸드폰을 던져버린다. 땅에
떨어진 핸드폰에 텍스트 메시지 도착 알림음이 울린다.

〈김지아 : 응, 고마워〉

지섭 너는 떠나고 싶어했고 나는 너에게 방법을 알려주었어. 떠나기 위해선 먼저 네 손으로 우물을 메워야 한다고 했지. 저 우물 속에 있는 아이가 너를 따라나설 수 없도록, 작은 틈도 남기지 않고 단단히 메워야 했어. 너는 내 말대로 했고 우물 속에 돌을 던졌어.

지아 돌을 던졌어.

지섭 그 돌은 수면을 출렁이게 만들었어. 그리고 그 출렁임 사이에서 그의 손이 수면 밖으로 드러났지. 우물은 깊어 보였지만 그는 아주 얕은 곳에 떠있던 거야. 우물물이 파도치는 짧은 찰나를 놓치지 않았어. 그뿐이야. 그 때문에 일어난 작은 사고야.

지아 사고일까? 정말 이게 사고라고 생각해?

지섭 우물물에 다시 무얼 던져 넣지 않은 한 일어나지 않을 사고야. 우물을 메우지 않고도 막을 수 있는 방법을 생각해봐야겠어.

지아 그건 사고가 아니었어. 언제든 일어날 수 있는 일이었지. 널 탓하는 게 아니야. 너는 나를 위해 우물을 만들었고 또 항상 친절했잖아.

지섭 분명히 다른 방법이 또 있을 거야. 네가 떠나는 방법이. 그렇게 바라던 행성이 되었는데 한 번의 사고 때문에 포기할 수는 없잖아.

지아 난 이제 괜찮아. 행성이고, 별이고, 우물이고, 명왕성이고, 그게 나라면 다 언제든지 터져버릴 수 있는 거야.

지섭 그럼 어떻게 하려고?

지아 모르고 터졌을 때는 사고지만, 내가 알고 직접 터뜨리는 것은 달라.

지섭 난 보통 네 편이지만 그건 좋은 생각이 아니야.

지아 좋은 생각이 아니지, 하지만 가장 덜 나쁜 계획이야.

지섭 그렇다면.

8장

합주실. 다들 연습에 한창인 와중에 문이 열리고 지아가 들어온다. 지아
의 모습을 보자마자 연주를 멈추고 제자리에 굳는다.

지아   안녕.

로나   어, 오랜만이야. (사이) 왔어? 너 안와서 내가 대신하고 있었어.

지아   괜찮아. 더 해도 돼.

로나   아니야, 나는 그냥 손님인데.

우진   지아가 더 해도 된대잖아. 더 해보자.

지아   그래, 더 해도 돼.

로나   아니야, 어떻게 그래. 저번에도 얼마나 미안했다구.

지아   그래.

로나   저 괜찮은 거지?

지아   응. 뭐.

민서   로나야 왜 니가 쟬 걱정해. 야 김지아 너 참 그렇다. 그렇게 뛰쳐
　　　　나가놓고 한 마디도 없다가 이제 와서 안녕?

규동   주민서, 하지 마. 왜 그래.

민서   아니, 존나 얼척없잖아. 너 그렇게 하고 싶은 대로 할 거면 좀 꺼
　　　　져.

규동   야, 주민서!

민서   내 탓할 게 아니라 이건 쟤가 명백히 잘못했지. 너랑도 말 안하지
　　　　않았냐? 아니, 근 며칠 동안 없어져놓고 사과 한마디 안하는 건
　　　　쟤잖아. 우리가 아니고.

지아   미안해.

규동   미안하다네.

짧은 침묵.

로나 저… 그럼 지아 왔으니까 나는 비켜줄게.

우진 아니야. 계속 해도 돼. 그렇지 지아야? 네가 너무 많이 빠져서 이번 공연은 로나랑 같이 하기로 했거든.

로나 확정된 건 아니잖아, 난 이제 이 학교 학생도 아닌데.

우진 그렇지만 어쩔 수 없다고 생각해. 지금부터 지아랑 맞추기에는 시간도 부족한데.

민서 아니면 키보드 두 개 쓰던지. 로나는 자기 걸로 하고.

규동 무슨 키보드를 두 개를 써, 솔로 파트는 어떻게 하게?

민서 당연히 로나가 해야지. 내 말은 그렇게 쟤 데리고 하고 싶으면 백업으로 코드나 깔게 해야 한다는 거야. 쟤한테 화내는 게 아니라 우리 실제로 그렇게 해야해. 연습도 안 되어있는 애 데리고 하자고? 그렇게 우리 마지막 공연인데 또 망치자고? 난 그건 진짜 싫어. 김지아, 너도 솔직히 할 말 없지?

지아 응.

민서 그리고 까놓고 말해서, 로나가 더 잘 치잖아. 예고 준비했다 뭐했다 하더니 잘 치지도 못하더만. 베토벤 월광 그거 여섯 살짜리 내 사촌동생도 치는 거야. 너희도 다 알잖아.

규동 너 진짜 저번부터 말이 좀 심하다.

민서 왜 나한테 지랄인데! 쟤가 잘못했지, 내가 잘못했어? 마지막 공연 딱 한 번만이라도 잘 해보고 싶은 게 나쁜이야? 왜 나한테만 그래!

지아 미안해.

민서 미안한 건 알긴 해?

지아 미안해, 미안해.

지아, 그 자리에 서서 눈물을 흘린다.

규동   야, 왜 그래.

지아   내가 너희들한테 너무 미안해. 그런데 어쩔 수 없어. 나는 내 손으로 우물을 메워야 하니까.

규동   그게 무슨 말이야?

민서   아, 저 미친년 또 미침증 돌았나봐. 내가 뭐랬어. 받아주지 말랬잖아.

규동   야 가만히 있어봐. 그게 무슨 말이야 지아야.

지아   나 신고했어.

규동   뭘 신고해.

지아   건반.

민서   뭐? 건반? (건반을 가리키며) 이거?

지아   응. 절도 신고했어. 자수했어. 여기 있다고.

로나   어떡해…

규동   야, 김지아 너… 그러니까 나를 신고했다 이거야?

지아   응.

민서   언제 신고했는데. 어따가. 언제!

지아   112에, 방금.

규동   와 돌아버리겠네. 나 지금 신고당한 거야? 나 도둑놈이야? 이제 절도죄로 잡혀가?

지아   아니.

규동   씨발! 김지아 너 우리 가족이잖아. 우리 가족이라고 그랬잖아. 너 진짜 나 신고했어?

민서, 울음을 크게 터뜨린다.

규동   내가 너한테 어떻게, 얼마나 잘해주려고 했는데. 너 어떻게… (말을 잇지 못한다)

민서   어떡해. 이제 어떡해. 야 김지아 너…

우진   지아야, 정말이야?

지아   우물을 메우려면, 나 혼자서는 힘드니까. 나는 힘이 약하거든. 선생님, 아니 더 큰 돌이 필요했어. 나는 힘드니까. 이제… 우물… 나… 나는 평범해.

민서   (울부짖는다) 야 미친년아 씨발 헛소리 좀 작작하라고!

지아   그래서 미안해.

규동   야, 나 어떡하지. 우진아 나 어떡해. 나 진짜 어떡하지, 나 이번에 또 정학당하면 고등학교 못 가는 거 아니야?

우진   너 학교에는 얘기했어?

지아   아니.

규동   (주저앉으며) 나 씨발 인생 망했어. 나 어떡해. 나 진짜. 나. 나…

문이 벌컥 열린다. 상기된 얼굴로 음악 선생이 들어온다.

음악선생   야! 너네 이게 어떻게 된 일이야!

규동   선생님, 저 어떡해요…

음악선생   김지아, 너 이거 훔쳐온 거 맞아?

지아   네, 맞아요.

음악선생   누구야, 누가 신고했어.

지아   제가 신고했어요.

음악선생   네가 훔치고 네가 신고했다고? 네가 혼자 훔쳤어? 일 더 커지기 전에 말해봐. 여기 또 누구야, 누가 같이 훔쳤어.

지아   제가 그랬어요.

음악선생   네가 혼자서 무슨 수로 그래, 이 무거운 걸!

지아	혼자서 그런 건 아니에요. 지섭, 지섭이가 도와줬어요.
음악선생	지섭이가 누구야! 김지아! 정신차려!
지아	선생님으로는 우물을 메울 수가 없어요.
음악선생	지아야, 지아야!
지아	선생님은 힘이 약해요.
음악선생	지섭이라는 아이가 누구야? 우리 학교야?
민서	저희도 몰라요. 처음 들어봤어요.
음악선생	(한숨) 미쳐버리겠다, 정말. 규동이랑 민서는 집에 가 있고, (로나에게) 넌 이제 우리 학교도 아니면서, 얘들이 학교를 장난처럼 다니고 있었구나. 이게 선생님 탓이다. 내 탓이야, 내 탓이야. (사이) 정우진 너는 교무실에 선생님 자리에 가 있어.

아이들 모두 퇴장하고 지아와 음악선생만 남는다. 음악선생, 아이들이 나가자마자 지아의 뺨을 때린다. 지아는 맞고 멍한 눈빛으로 선생을 바라본다.

음악선생	김지아, 나는 네가 이렇게 맹랑한 아이인 줄은 전혀 몰랐다. 남자애들하고 노닥거리질 않나, 담배를 피우다 걸리지를 않나, 너 아프다는 핑계 대고 이런 식으로 이전 학교 선생님들 물멕였나본데, 너 나한테는 안 통해. (뺨을 한 대 더 치고 지아 넘어진다) 너 이 악마 같은 년. 어디 오늘 너 죽고 나 죽자. 이 미친년아. 정신병이 있어? 그래 정신병이 있으면 맞아서 고쳐야지, 이 악마 같은 년.

음악선생이 분노에 못 이겨 드럼스틱을 집어 든 순간, 문이 열리고 지섭이 들어와 지아를 감싸고 대신 매를 맞는다. 지아의 흐느끼는 소리와 파도소리 함께 커지며 암전.
파도소리가 다시 작아지며 하얀 백사장, 지아와 지섭이 앉아 있다. 옆에

있던 까만 우물은 벽이 다 무너져 메워졌다. 틈새로 물이 졸졸 새어 나온다. 지아, 돌을 하나 집어 물이 새는 틈을 마저 메우려 한다.

지섭　　그건 내버려 둬.

지아　　왜?

지섭　　어차피 못 막아 그 정도는.

지아　　그래. 그렇지만 그럼 이렇게 하는 의미가 있어?

지섭　　응. 적어도 네 손으로 무너뜨렸잖아. 그거면 충분해.

지아　　그렇구나.

짧은 침묵.

지아　　이제 어떡할까?

지섭　　너 하고 싶은 대로 하면 돼

지아　　나는 평범해지고 싶었어. 내가 평범하지 않다는 걸, 아니 사실 불행하다는 걸 눈치 챘을 때부터 애써 지워왔거든. 그런데 나는 네가 보여. 그게 나한테 불행을 가져다줄 거라 생각을 못했어. 그래서 널 내버려 뒀던 거야. 그리고 넌 나를 시켜서 나의 모든 특별함을 박살냈어. 나는 이제 정말 평범해진 걸까?

지섭　　그건 네가 생각하기 나름이지.

지아　　생각만 하는 거라면 이제 좀 지겨워.

지섭　　그럼 말을 해봐.

지아　　몰라.

지섭　　뭘 모르는 데?

지아　　말하는 법.

지섭　　그럼 연주는 어때?

지아　　내가 피아노를 쳐도 될까?

지섭 물론이지, 나는 기타를 칠게. 사실 기타 치는 법은 하나도 모르지만 말야.

지아 악기는? 악기가 있어야 할 텐데.

지섭 (지아의 발밑을 가리키며) 건반이라면 거기 있잖아.

지아 어디?

지섭 거기. 거기 있어.

지아 아, 그렇구나. 그럼 이제 뭘 연주하면 돼?

지섭 아무거나. 아무거나 네가 원하는 대로.

지아는 바닥에 피아노가 있는 것처럼, 뚜껑을 열고 건반 위에 손을 올려두는 척한다. 짐짓 일류 피아니스트가 된 양, 지섭을 향해 고개를 끄덕이고는 연주를 시작한다. 수없이 많이 쳐왔던 베토벤의 월광 소나타, 지섭은 허공에 손을 휘두르며 기타를 연주한다. 둘의 하모니가 점차 고조되며 그들의 뒤편으로 명왕성의 달이 하얗게 빛난다. 하얀 백사장과 까만 돌멩이들, 하얀 달, 무거운 피아노 소리, 암전.

에필로그

지아의 첫 피아노 콩쿠르 대회장. 초등학교 3학년의 지아가 잔뜩 긴장한 채로 피아노 연주 중이다. 띵— 하는 벨 소리와 함께 지아가 연주를 마치는 순간 엄마의 환호와 박수 소리. 지아는 자리에서 내려와 엄마에게 달려가 안긴다.

지아 엄마, 나 실수 많이 했어요. 죄송해요.

지아 모 아니에요, 지아 참 잘했어요.

지아 박자 완전 많이 틀렸는데.

지아 모 괜찮아, 괜찮아. 지아 너무 잘했어.

지아 왼손도 너무 많이 틀렸어. 손이 너무 작아서 피아노 왼손 치기가 어려워요.

지아 모 매일매일 피아노 연습 하니까 곧 손가락도 쑥쑥 자랄 거예요.

지아 에이, 키도 더 컸으면 좋겠는데.

지아 엄마, 지아를 다시 한 번 안아준다.

진행 조교 다음 17번, 17번 학생. 17번 학생 어디 계시지요?

여자 여기요! 근데 우리 애가 방금 화장실을 갔는데 곧 올 건데, 애가 긴장을 많이 해서… 죄송합니다.

심사위원과 학부모들 웃음.

진행 조교 17번 김지섭 학생 어머니신가요?

여자 네, 네.

진행 조교 김지섭 학생 3분 안에 안 오면 평가 탈락하겠습니다. 괜찮으신가 요?

여자 네, 애아빠가 데리고 갔는데 금방 올 거예요.

남자 아이고 죄송합니다. 지섭아, 바로 올라가야겠다. 파이팅!

어린 지섭 아빠, 나 아직, 아빠. 쫌만 쉬었다 하면 안 되요?

남자 아빠도 그랬으면 좋겠는데, 바로 지섭이 차례네. 얼른 가야지.

어린 지섭 나, 화장실, 또 가고 싶어.

사람들 다시 웃음.

여자 얘가 왜 이래.

어린 지섭 화장실 또 가고 싶단 말야, 으앙.

지섭의 갑작스런 눈물에 대회장은 웃음바다가 된다.

지아 엄마, 쟤는 많이 긴장했나봐요.

지아 모 그러게. 준비를 많이 했을 텐데 안타깝지.

지아 네. 나는 긴장같은 거 하나도 안하는데.

지아 모 맞아 우리 지아 잘 했어요.

파도소리와 함께 바닷가 갈매기 소리, 평화로운 분위기의 소리들. 울고 있는 지섭과 웃음 바다가 된 대회장 내 사람들, 심사위원들, 지아를 조명 이 순서대로 비춰준 다음 암전.

〈끝〉

작가의 글 | 장진수

2015년 7월 14일, 동부시간으로 07시 49분. 인류가 쏘아올린 작은 우주선이 명왕성에 최대로 가까워진 지점에서 사진을 찍어 보냈다. 누구도 살 수 없는 메탄으로 가득찬 대기, 척박한 얼음 덩어리에 불과한 작은 혹성의 사진을 보고 많은 사람들이 흥분했다.

별에 대한 이야기는 언제나 가슴이 뛴다. 처음 불을 피우고 두 발로 걷기 시작한 우리의 조상이 비로소 고개를 들고 하늘을 바라봤을 때부터 우리 태양계의 끝까지 편지를 날려 보내는 지금까지도 우리는 별들을 보고 이야기를 만들어냈다. 칼 세이건이 말한 것처럼, 우리가 별에서 왔기 때문에 더욱 그리워하는 것일지도 모른다. 이렇게 만들어진 이야기는 별이 뜰 때마다 전승되어, 밤이 사라지지 않은 한 불멸의 자격을 얻었다.

우여곡절 끝에 태양계의 행성 분류에서 빠지게 된 명왕성의 이야기, 서로의 공전 축을 흩트리고 함께 돌고 있는 '위성' 카론과의 이야기. 나는 이 이야기들 속에 현대의 이야기를 넣어보고자 하였다. 그것은 과거에 별을 보고 이야기를 붙였던 수많은 문화 정신들을 계승하는 일이기도 하였다. 행성이

되고 싶었으나 결국 겉돌다가 스스로를 인정하는 법을 배우게 되는 아이는 '지아' 뿐만이 아니었을 것이다. 우리 모두 그런 시절이 있었고 매일 그 과정을 겪으며 견뎌내며 살고 있다. 지아가 패배하지 않았듯 우리도 패배한 것은 아니다. 우리는 그저 묵묵히 우리의 궤도를 걸으며 살고 있을 뿐. 그러니 누구도 지아에게 패배자라고 손가락질하지 말아야 할 것이다.

상담기록 0304

신민경, 홍단비 지음

고흐는 평생 단 한번
손에 화상을 입은 것과
단 한번 귀를 자른 것 밖에는
없습니다. 오히려 오늘 우리가 살고 있는
사회가 미쳤을지 모를까
고흐는 미치지 않았어요.
아니, 확실히 사회가 미쳤어요.

■ 등장인물

아르토/고흐
의사
고갱/테오/가셰
코러스 1, 2, 3, 4 (라셸/ 마을 주민들/ 요안나/ 흰무리들/ 머리들)

1장. 사명과 해체

어두운 공간. 잠시 후 약간의 조명으로 실루엣이 드러난다.

무대에는 다른 깊이, 다른 높이에 서로 다른 크기의 스크린이 매달려 있다.

무대 중앙 깊은 곳에 뒤돌아 선 남자의 실루엣이 보인다. 천장에는 목을 맨 듯이 걸려있는 마네킹 두어 개와 의자에 앉혀진 마네킹 하나, 바닥에 널브러져 있는 마네킹들이 있다.

가장 작은 스크린에서 전기충격치료를 연상시키는 영상이 재생된다. 영상이 재생되기 무섭게 실루엣의 남자는 몸에 전기가 흐르는 듯 요동치기 시작한다. 입에 재갈을 물린 듯 극도로 억압되어 있는 신음을 흘리기도 한다. 이 일련의 움직임은 산발적으로 3-4회 반복 된다.

전기충격영상은 꺼지고 온 몸의 뼈가 녹아내리듯 무너지는 실루엣.

곧 매달려 있는 스크린 중 가장 큰 스크린에서 의사가 정면으로 관객을 향해 말하는 영상이 재생된다. 영상은 밑에서 의사를 올려다보는 각도로 촬영되어있다. (이후 대괄호 안의 대사들은 영상 속의 인물들의 대사로 상정한다.)

의사의 영상과 동시에 다른 스크린들에서는 의사의 대사에 있는 단어들의 용어에 대한 정의들이 일사분란하게 재생되고 이를 읽는 오디오도 의사의 대사를 방해하지 않을 정도로 계속해서 재생된다.

[의사   앙토냉 아르토. 남성. 사회에서의 직업은 작가. 내원 당시 피해망상과 분열증 소견을 보였습니다. 10대 시절부터 환각증세를 보였다는 주변인 증언도 있습니다. 특이사항은 일반 환

자들이 분열증 에피소드를 겪을 때 비이성적이고 대체로 불특정한 인격을 내보이는 것과는 달리 특정한 '누군가'를 끊임없이 변호하고 예찬하는 모습을 보인다는 점입니다. 이 특정한 누군가는 화가 '빈센트 반 고흐'입니다. 현재 고주파 치료에 이어 상담 세션을 진행하고 있지만 진척은 크게 없습니다. 여전히 환자는 정신과 의사들에 대한 굉장한 반감을 가지고 있기 때문입니다. 그리고 그는 상담의 대부분을 '반 고흐는 사회가 죽였다!'라는 문장을 반복하는 데 할애합니다. 그리고 뭔가를 계속해서 쓰죠. 정신질환이 있는 환자가 쓰는 글이라는 건, 글쎄요, 얼마나 진지하게 받아들여야 할까요? 하지만 그가 적는 모든 글들은 '치료'에 중요한 키가 될 수도 있습니다. 무작정 미친놈이라고 판단하는 건 구시대적인 관점입니다. 지금은 이성적이고, 합리적인 시대니까요. 문제가 있다면 치료를 받는 게 당연합니다. 지극히 현대적인 관점에서, 정신병이라는 건 팔, 다리, 내장 기관에 어떤 질병이 생길 수 있듯이 뇌 혹은 호르몬에 문제가 생겼단 겁니다. 그리고 이 또한 엄연히 신체의 일부구요. 그저 외부적 상황을 인식하거나 사고하는 기능에 문제가 생긴 것일 뿐이죠. 몸 어딘가에 총알이 박혔을 때 메스로 피부를 가르고 그 안에 박힌 총알을 빼서 다시 봉합하고 재활을 돕는 외과의사처럼, 저 또한 이 환자를 하루빨리 정상적인 생활로 복귀시킨다는 사명감으로 일하고 있습니다.]

의사의 대사가 끝나갈 즈음 정의가 재생되던 스크린들에서는 각기 다른 외과 수술 장면이 재생된다.

영상이 시작하는 동시에 코러스 1,2,3,4 무대 가운데로 테이블을 가져오

고, 테이블 위에 만찬을 준비하듯 접시와 꽃병 등을 세팅한다. 절제된 태도로 일사분란하게 움직이지만 때때로 굶주린 배를 채우고 싶어 안달이 난듯한 모습이 비어져 나온다.

세팅이 끝나면 마네킹을 테이블 한가운데로 들어 올려 눕히고는 조각조각으로 해체한다. 해체된 마네킹 조각이 접시 위에 쌓인다. 코러스들, 고상하게 앉아 냅킨을 무릎에 펼치거나 티셔츠 목에 넣는다. 마네킹 조각이 담긴 접시를 돌리며 한 조각씩 나눠 갖는다. 저녁 만찬을 즐기는 상류층처럼 서로 눈을 마주치고 고개를 끄덕이는 등의 제스처를 하며 점잖게 칼질을 한다.

이때, 밝은 분위기 클래식 음악이 들린다. 코러스들, 나이프와 포크를 내던지고 게걸스럽게 마네킹을 손으로 잡고 물어뜯고, 찢어발기고, 칼로 난도질한다.
잠시 음악이 멈추면 코러스들도 그대로 정지한다.

다시 음악이 계속되면 마네킹 조각들을 내려놓고 함께 웃으며 냅킨으로 입을 닦는다.
아무 일 없던 듯 정리하며 고상하게 각 접시를 들고 나간다. 다른 마네킹들도 짐 더미 치우듯 질질 끌고나가 치워버린다. 테이블, 세팅 없이 비워진다. 영상 하나하나 꺼진다.

암전.

2장. 사회가 고흐를 죽였다.

아침의 심리 상담시간. 아르토의 병실. .

각 스크린들은 올라가 있다. 병실의 형광등 같은 하얗고 차가운 조명이 들어온다.

의사 영상이 나오던 스크린 자리에 의사가 서 있다. 테이블 위에는 아르토가 누워있다. 아주 작은 소리로 "사회가 고흐를 죽였다"를 중얼거리고 있다.

의사   자 아르토씨 세션 시작할까요?

아르토   (침대에서 일어나며 작게) 고흐는 사회가 죽였어.

의사   기분은 어때요?

아르토   (작게) 고흐는 사회가 자살 시켰습니다.

의사   …음 점심은 맛있게 드셨나요?

아르토   고흐는 사회가 자살시켰습니다.

의사   오늘 날씨 좋죠?

아르토   고흐는 사회가 자살시켰습니다.

의사   (관객에게) 또 시작됐어요.

아르토   고흐는 평생 단 한번 손에 화상을 입은 것과 단 한번 귀를 자른 것 밖에는 없습니다. 오히려 오늘 우리가 살고 있는 사회가 미쳤으면 모를까, 고흐는 미치지 않았어요. 아니, 확실히 사회가 미쳤어요.

의사   환자분, 저는 지금 사회의 부조리를 말하기 위해 이 자리에 있는 건 아니에요. 전 사람의 얘기를 하고 싶군요. 특정한 사람이요. 바로 환자분이죠.

아르토   고흐는 미치지 않았습니다.

의사   좋습니다. 그 '고흐'에 대해서 말씀드리자면 정신병리학적으로

	그는 분명하게 정신질환을 가지고 있었답니다. 그의 자살 또한 병증의 극단적인 에피소드로 보는 소견이 많죠.
아르토	그러니까, 고흐는 미쳐서 죽었다는 말을 하시는 겁니까?
의사	당시 주치의 소견에도 간질, 조울증, 정신분열증 증상이 유력하다고 써있고, 요즘은 유전적 효소 기능장애인 포르피린증이 있었을 가능성도 제시되고 있습니다. 실제로 고흐는 자살기도를 동반한 여러 번의 발작을 겪었구요. 사실이 그렇다는 겁니다.
아르토	다 개 같은 소리에요. 정신과 의사들은 그저 쓸데없는 이름이나 붙일 줄 아는 변태 사이코니까.
의사	아르토씨, 의사들은 변태 사이코가 아닙니다.
아르토	아니! 당신도 변태 사이코야. 그딴 식으로 말할 거면 이 문제에 대해선 이제 닥치는 게 좋을 거야!
의사	그 '변태 싸이코' 이론을 뒷받침 할 증거가 있나요?
아르토	당신 상판대기가 그 증거야. 혓바닥에 상대를 놓고 사탕 굴리듯이 희롱하는 그런 상판대기!
의사	아르토씨! 입 조심하세요. 다시 말하는데, 고흐는 당시 의학적으로 적절한 치료와 관리를 받지 못했기 때문에 정신 질환으로 자살한 겁니다. 여러 차례 세션을 진행했지만 호전의 기미가 보이질 않네요. (자못 유쾌하게) 하지만 그래서 제가 여기에 있는 거죠. 환자분을 정상적인 생활로 복귀시키기 위해서!
아르토	(침을 뱉는다) 정상적으로 다시 경고하는데요. 그냥 그 입 닥치세요.
의사	(얼굴의 침을 닦는다) 오늘은 더 이상 상담치료고 뭐고 진행이 힘들겠군요.
아르토	잘 됐군요.

의사, 자리에서 일어나 나가려한다. 아르토, 종이에 마구 글을 쓴다.

의사, 그런 아르토를 잠시 바라본다.

의사   (한숨을 쉰 뒤엔 결심한 듯 관객석을 바라보며) 대개 환자들이 크게 흥분하거나 집착하는 지점은 치료에 중요한 단서가 될 만한 확률이 높습니다. 그 말인즉, 그 지점들을 분석하는 것이 환자의 정상적인 생활복귀에 단서가 될 확률도 높다는 겁니다. 그러니 상담을 계속해야겠죠. 의사인 제 앞엔 환자가 있고 그를 치료하는 것은 저의 사명이니 말입니다.

의사, 다시 자리에 앉는다.

의사   (부드러운 어조로) 뭘 쓰고 계세요?

아르토   … (못 들은 척 계속해서 쓰는 데 열중한다)

의사   (좀 더 달래듯이) 같이 한 번 볼까요?

아르토   (공격적으로 노려보며) 제발 그만 좀! 내가 속셈 모를 줄 알고?

의사   무슨 말씀이시죠?

아르토   날 죽을 때까지 괴롭히려는 게 당신 속셈이잖아!

의사   정말 그렇게 생각하세요?

아르토   나한테 끔찍한 전기충격을 '처방'하는 당신을! 주변인 상담이라는 명목으로 얼마 안 되는 내 지인들을 취조하는 당신을! 내 몸뚱이고 머릿속이고 가리지 않고 헤집어놓으려 하는 당신을 내가 뭐라고 생각해야 되지? 응?

의사   저는…

아르토   (종이 뭉치를 의사에게 던진다) 썩 꺼져. 이 악마같은 자식. (계속해서 글을 쓴다)

의사   저는 아르토씨를 돕기 위해 이 자리에 있는 겁니다. 아르토씨를 정상적인 범주의 생활로 복귀시키기 위…

아르토 (글을 쓰며 중얼거린다) 고흐는 사회가 죽였어.

의사 환자분이 원하지 않는 일은 하지 않겠습니다. 약속하죠.

아르토 …

의사 제가 아르토씨 편이라는 걸 믿으실 때까지 전 나가지 않을 겁니다. 대신 아르토씨가 원하는 걸 하도록 하죠. 당장 상담은 하지 않아도 좋습니다. 절 당신의 친구라고 생각하세요.

아르토 (비웃듯) 친구?

의사 그렇죠 친구. 그보다 더 좋을 수도 있고요.

아르토 글에 집중하고 싶네요.

의사 원하신다면요.

아르토, 의사를 흘끗 보고는 살짝 누그러진 듯 차분히 글을 쓴다.

의사 고흐라는 화가가 환자분에게 특별한가요?

아르토, 경계하듯 의사를 쳐다본다.

의사 저는 아르토씨가 글 쓰는 걸 격려하고 싶을 뿐입니다.

아르토 (의사에게 쓰던 종이 한 장을 건넨다)

의사 (종이를 잠깐 읽으며) '사회가 고흐를 죽였다.' 굉장히 익숙한 문장이네요.
(관객에게) 천 번은 들었을 겁니다. 사회가 고흐를 죽였다! 그에 맞는 대답이나 논리적 부연설명을 시도해 봤지만 소용이 없음을 여러분도 눈으로 확인하신 바 있지요. 하긴 환자에게 객관적이고 통찰력 있는 대답을 원할 수는 없는 노릇이죠. (사이) 눈치채셨겠지만 전 아주 의욕적인 의사입니다. 환자를 정상적으로 개선하는 것이 우선이죠. 세션의 방향을 살짝 수정해야 할 시점이 온

	것 같군요.
	(아르토에게) 사회가 고흐를 죽였군요.
아르토	그렇습니다.
의사	그렇다면 환자분의 의견은 고흐가 자살하지 않았다는 겁니까?
아르토	그 사람은 자살 당했다구요.
의사	자살 당했다…

의사, 아르토의 난해한 답에 황당함을 감추지 못한다.

아르토	(의사를 향해) 고갱 그 자식이 고흐한테 무슨 짓을 했는지 당신은 모를 거요!
의사	고갱이요?
아르토	(끄덕인다) 이리저리 여행 다니며 그린 그림으로 돈깨나 벌었던 그 작자 말입니다.
의사	폴 고갱 말이죠? 화가. (객석을 보며) 꺼지라는 말과 고흐의 이름 말고 다른 이야기를 듣는 건 3주만에 처음이군요. 희망이 보이는 걸까요? 전 꼭 이 불쌍한 환자를 일상적인 생활로 돌려보내줄 겁니다. (아르토를 바라본다)
아르토	고흐가 프랑스 남부의 아를이란 도시에서 노란 집을 하나 얻어 지내고 있었을 때. 고갱은 몇 주간 고흐와 동거했습니다.
의사	당신의 친구 고흐에 대해 얘기하는데 고갱이 필요한 거죠? 그 둘이 함께 산 기간은 단 몇 주간인데 말이죠?
아르토	고갱은 고흐에게 전부였다고! 어떤 측면에서는. 어떤 측면은 때론 전부고 또 때로는 전부가 아니기도 하지만. 무튼간에 의사들은 이래서 안 돼! 파도처럼 쉼 없이 동요하는 것들에 이름이나 붙이려고 하고, 사유나 감정을 측량화 하는데 눈이 벌겋게 달아오르지!
의사	(아르토에게 힘들게 웃어보인 후 관객에게) 참 대단하죠? 이 환자는

어떤 단어로 시작해도 정신과 의사들 흉을 볼 수 있는 능력이 있습니다. 하지만 치료는 진행되어야 하고 그러기 위해 말을 계속 들어봐야 하겠죠. (아르토에게) 알겠어요, 내가 사과하죠. 그러니까 고갱이 고흐의 인생에 중요했다고 칩시다.

아르토 친다고?

의사 중요했습니다. 그래서 그 빌어먹을 고갱이 아를에서 고흐에게 대체 무슨 짓을 했을까요?

아르토, 말없이 의사에게 쓰던 종이를 건넨다.
의사, 예상치 못한 아르토의 행동에 놀란다. 새로운 자료가 될 글을 탐독한다. 아르토 헛기침.
의사, 아르토를 쳐다본다. 아르토, 소리내어 읽을 것을 은근하게 압박한다.
잠시의 기싸움 후 의사, 글을 소리내어 읽는다.

의사가 글을 읽기 시작하면 천천히 아르토의 병실에서 고흐의 노란 집으로 장소가 변해간다.

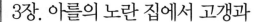

3장. 아를의 노란 집에서 고갱과

이른 아침. 아를의 노란집.
조명, 따스한 노란 빛으로 바뀐다.

의사 시작은 둘이 함께 살게 되면서부터였다. 그곳은 한적하고, 고흐가

그림을 그리며 지내기에 아주 좋았다.

노크소리.
의사, 노크소리에 뒤를 쳐다본다.
의사, 미심쩍지만 계속한다.

의사　　그러나 그곳에 있던 몇 안 되는 친구들이 파리로 떠나게 되면서 고흐는 외로움을 느끼고 있었다. 얼마 후 고흐는 폴 고갱의 소식을 들었고 동생 테오에게 고갱과 함께 지내고 싶은 마음을 편지로 여러 번 드러냈다. 테오는 고갱의 빚을 갚아주고 매달 일정금액을 후원해주겠다는 약속을 하고 고갱을 아를로 불러들였다. 고흐의 바람이 이루어진 것이다.

다시 노크소리. 아르토, 가서 열라는 듯이 몸짓한다.
의사 종이를 든 채로 문을 연다.

양손에 짐가방을 가득 든 채로 등장하는 고갱. 들어오자마자 한손의 짐을 모두 의사에게 떠넘기고 아르토에게 다가간다. 의사, 당황해 얼어붙어 짐가방을 든 채로 가만 서 있다.

고갱　　빈센트! (아르토에게) 빈센트! 이 친구야. 문도 안 잠그고 뭐하고 있어? (대충 짐을 내려놓는다)

아르토　(고갱에게) 아니, 폴! 벌써 왔어? 실은 어제 새벽까지 잠을 못 잤더니.

의사, 정신 차리고 종이와 눈앞에 펼쳐진 상황을 대조한다.

아르토   (의사에게) 불쌍한 고흐는 고갱이 온다는 기대에 부푼 나머지, 가구를 들고 벽에 걸 그림을 그리고 온갖 준비를 했습니다. 하지만 혹여나 고갱의 마음에 들지 않을까 하는 걱정에 너무 초조해서 밤잠을 설쳤답니다.

의사, 고갱이 떠넘겼던 트렁크를 한쪽에 두고 떨어져서 둘을 관찰한다.

아르토   (고갱에게) 잘 왔네. 정말 잘 왔어.
고갱   역시 집이… 아주 난장판이구만!
아르토   내가 정리를 한다고 했는데…
고갱   됐어. 어차피 네가 정리를 잘 할 거라곤 기대도 안 했어. 내가 그래서 살림 해주려고 온 거 아냐.
아르토   (감격한듯 고갱의 손을 잡으며) 폴! 폴 고갱이 정말 아를에 오다니. 우리 이럴 게 아니라, 당장 공동 작업을 시작하자. 아냐! 우선 오늘은 동네 구경이나 하러 나가자.
고갱   그럴까?
아르토   너도 정말 좋아할 거야.
고갱   네 편지를 보고 살짝 기대하고 있어. 슬슬 거기도 질리던 차였거든.
아르토   여긴 진짜 살만해. 파리보다 훨씬. 그릴만 한 풍경도 많고, 저 포도밭 좀 봐. 미인들도 얼마나 많은데. 난 요즘 이 따뜻한 남부도시에서 안정을 많이 찾았어. 여긴 진짜 살만해 (의사에게) 파리보다 훨씬… 하지만 고갱에겐…
고갱   (무시하듯이) 촌동네잖아.
의사   그러니까, 고갱은 아를이 마음에 안 들었단 건가요?
아르토   솔직히 말해서 파리 사교계에서 놀던 고갱에게 아를은 지루한 깡촌이었습니다. 테오의 금전적 보상 없이는 절대 올 만한 곳이

아니에요. 하지만 고갱이 마음에 들어하는 곳이 딱 하나 있긴 했습니다.

의사   그게 어디죠?

아르토   1번지.

여자들, 나와 의사의 가운을 벗겨주며 조명이 바뀐다. 여자들, 의자를 여러 개 가져다놓는다. 의사, 여자들에게 이끌려 무대 한쪽으로 가서 앉으면 무대 한가운데에서 이미 한창 1번지를 즐기고 있는 고갱과 아르토. 핑크빛 조명 아래, 뿌연 담배연기가 자욱하다. 끈적한 재즈음악이 흐르는데 고갱과 아르토의 옆자리에 앉아 전형적인 복장에, 제스처에, 대놓고 꼬시는 여자들.

아르토   (고갱 얼굴을 살피면서) 폴, 너 아직도 아를이 별로야?

고갱   아니! 아를 나쁘지 않네. 아를은 딴 건 몰라도 수질이 참 좋아. 하하.

아르토   그렇지? 자네가 기뻐하니 나도 좋아.

고갱, 다시 옆에 있는 여자와 놀기 바쁘다. 라셸, 멀리서부터 술병을 들고 걸어온다. 폭죽이 터지는 소리. 라셸에게 후광이 비친다. 아르토, 시선을 뺏긴다. 라셸, 시선을 느끼고 아르토에게 다가간다.

라셸   안녕하세요. 압생트 한잔 하시겠어요?

아르토   한잔 주세요. (태연한 척 노력하지만 약간 어색하게 따라주는 술을 받는다) 이름이 뭐예요?

라셸   라셸이에요. 처음 오셨나 봐요?

아르토   네. 친구가 파리에서 왔거든요.

라셸   축하드려요.

아르토   몇 안 되는 제 좋은 친굽니다. 사실, 그림으로는 제 스승이나 다름 없어요. 배울 점이 아주 많은 좋은 친구예요.

라셀   (살짝 흥미로운 듯) 그림을 그리세요?

고갱   여기도 술 한잔 주세요.

라셀이 돌아보면 음악 Fade Out.

라셀   (고갱 쪽을 돌아보고는) 어머 혹시… 폴 고갱 선생님? (악수할 듯 손을 내민다)

폭죽소리. 이후엔 파티에서 나올 법한 강렬한 일렉트로닉 음악이 나온다.
아르토는 멍하게 고갱과 라셀을 바라본다. 의사는 신나서 눈앞의 쇼에 환호한다.

고갱   아를에서 저를 알아보는 사람을 만나네요. 이것 참 미인 귀에 들어가니 영광이네요.

라셀   팬이에요. (악수하는듯 하다가 볼에 뽀뽀해준다) 이건 서비스.

라셀, 도망가는 듯이 그네가 있는 곳으로 가서 고갱에게 꼬시듯 손짓한다. 고갱, 신이 나서 라셀이 있는 곳으로 간다.
여자들, 나와서 분위기를 띄우며 경쾌하게 춤을 춘다. (무대에서 진행되는 캬바레 쇼처럼)
그러다 좀더 섹슈얼한 동작의 춤을 춘다.

스크린은 하나씩 폭력적일 정도로 대놓고 성적인 영상들로 변한다. 동물들이 적나라하게 짝짓기하는 장면, 육식동물이 초식동물을 잡아먹는 장

면, 혹은 필요시 진짜 포르노그래피.

라셸   (몽환적으로, 음악에 맞춰 노래하는듯이 멘트를 한다) 압생트는 초록
요정이라고도 하죠. 시인에게, 예술가에게, 화가에게, 음악가에게
새로운 영감과 광기를 가져다 준다는. 이제는 허세일지도 모르지
만 운치를 아는 이라면 그 영롱한 빛과 함께 밤의 까페에서 토론
할 줄 알아야 한다는 그런 이미지. 혹은 스테레오타입.

라셸, 옷을 벗으려 한다.

의사   (일어나며 관객석 눈치를 본다) 잠시만요!

정신 차린 의사, 사창가의 손님처럼 쇼에 집중하다 그만두고 일어나서
다시 의사 가운을 입는다.
일제히 조명이 바뀌고 음악이 멎는다. 영상도 함께 꺼진다.
쇼가 중지된다. 여자들, 툴툴대며 퇴장한다.

의사   고갱이 아를에서 유일하게 1번지를 좋아했다는 건 알겠습니다. 굳
이 뭘 하고 놀았는진 안 봐도 될 것 같군요. (미처 정돈하지 못한 옷
매무새를 가다듬는다)
아르토   꽤나 집중하시던데요.
의사   이만하면 됐습니다. 계속 듣도록 하죠. 자, 다음 페이지가…

의사, 페이지를 황급하게 넘기면 아르토와 고갱, 술을 한잔 들이키곤 취
한 듯 테이블에 눕는다.

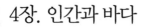

4장. 인간과 바다

아침, 아르토 먼저 일어나 앉는다. 옆에 누워있는 고갱을 보고 웃는다.
의사에게.

아르토   고흐는 아를로 오기 전에 파리에서 큰 상처를 받았습니다.

의사   상처를 받아요?

아르토   파리는 고흐에게 너무 컸고 고흐는 파리에겐 너무 작았거든요.
그림은 인정받지 못했고, 내성적이고 괴팍한 무명예술가는 천대
받았습니다. 주위에 진정한 친구는 몇 되지 않았고요. 외로운 화
가에게 고갱이라는 사람은 정말 큰 선물이었습니다. 함께 예술
하고픈.

고갱 어느 참에 일어나서 아르토에게.

고갱   빈센트, 뭘 그렇게 중얼거리고 있어?

아르토   일어났어? 우리 앞으로 할 일들에 대해서 생각하고 있었어.

고갱   앞으로 할 일?

아르토   응 여러가지를 염두에 두고 있어.

고갱   뭘 염두에 두고 있는데?

아르토   일단 우리 함께 그림그릴 일들. 같은 소재를 그려보기도 하고, 밤
에는 아를의 카페에 가서 그림에 대해 진지한 논의를 해 볼 수도
있을거야.

고갱   아, 그 시골 부부가 운영하는 카페 말이지?

아르토   응. 난 거기서 종종 끼니를 해결하고 테라스에서 경치를 구경해.
그리고 우리가 남부화가의 아틀리에를 꾸미는 거야!

고갱 남부화가의 아틀리에?

아르토 응. 물론 우리 둘이 포함된 아틀리에지. 신진화가들과 협업할 수도 있고 말야. 기성세대에 대적할 만한 새로운 화풍도 찾아보자. 그리고 테오가 조금 도와준다면 우리 전시회를 열어볼 수도 있을거야.

고갱 전시회?

아르토 그래, 남부화가의 아틀리에 전! 굉장하겠지?

고갱 파리에서 이 규모는 상상할 수 없겠지만, 그래도 화상들을 끌어모을 수 있겠네.

아르토 화상? 바이어 말하는 거야?

고갱 그래, 그건 구미가 당기는 일이야. 꽤 괜찮은 일이지, 아니 사실 굉장히 좋은 일이야. 아틀리에에도 정말 좋은 생각이야.

아르토 그래? 정말 그렇게 생각해?

고갱 당연하지, 빈센트! 아틀리에의 중심이 되는 화가는 언제나 주목받는다고! … 피사로처럼.

아르토 자네의 아틀리에 스승 말이지?

고갱 그래.

아르토 그림값 때문에 스승과 소원해졌…

고갱 중요하지 않은 이야기는 넘어가자. 좋아, 그러면 말 나온 김에 몸풀기로 함께 스케칠 해볼까? 그림 그린 지 꽤나 됐어.

아르토 좋아! 그럼 같은 풍경을 그리고 의견을 나눠보자.

아르토와 고갱 각자의 만족감에 도취되어 약간 흥분상태다.

.

고갱 저기, 네모난 정원 보이지. 잘 정리된 게 그리기 나쁘진 않겠어. 저것부터 시작할까?

아르토 좋아.

둘은 각자의 냅킨 위에 스케치, 그 후엔 붓질을 하기 시작한다.

스크린 위에 정원의 고갱의 벤치와 고흐의 꽃들이 그려진다.

그 다음은 해바라기. 고흐 풍의 해바라기와 고갱 풍의 해바라기가 영상에서 피어난다.

이내 하늘이 물결친다. 해바라기 사이로 이국적인 여인이 지나가기도 하고, 해바라기 옆에 처음 보는 꽃이 피어 오르기도 한다. 푸르게 물결치던 하늘이 분홍색 면으로 물들기도 한다. 화면은 둘의 그림으로 채워지고 섞인다.

둘은 한동안 그림에 열중한다. 화면이 온갖 것들로 점점 가득차자 고갱은 이내 지루한 모양이다. 붓질이 점점 느려지고 눈은 점점 생기를 잃는다.

고갱   이거, 막상 그리다보니 너무 단조로운데?

아르토   그래?

고갱   영 마음에 안 들어.

아르토   난 재밌는데.

고갱   아냐. 일단 풍경이 너무 별로야.

아르토   다른 곳을 그려볼까?

고갱   아냐.

아르토   그럼, 방 안에 있는…

고갱   아냐. 그런게 아냐! (영상 out) 아무리 상상해서 그리려고 해도 여긴…

고갱, 한숨을 쉰다.

아르토   폴, 너 지금…

고갱   왜?

아르토　… 아를을 떠날 거야?

고갱　무슨 소리야?

아르토　아니야?

고갱　아냐. 당분간 여기 있기로 했잖아.

아르토　당분간? 정말 아를을 떠나려는 거구나. 날 버리려는 거야. 남부 아틀리에는 틀려먹었어. 우리 계획은 다 무산이네.

고갱　그런 게 아니야. 난 좀 더 색다른 풍경을 원하는 거야.

아르토　색다른 거?

고갱　난 파리의 풍경에 물려서 아를로 왔어. 물론 너도 있었고. 자네 동생의 제의도 나쁘지 않았지.

아르토　이곳 풍경이 맘에 안 들어? 아님, 내가, 내가 맘에 안 드는 거야?

고갱　아니야. 그저… 그저… 여긴 그냥 작은 파리 같아. 난 더 색다른 걸 보고 싶어.

아르토　색다른 거?

고갱 .　그래, 경이로울 정도로 색다른 것말야. 이를테면… 섬 같은 것. 미지의 섬! 멋지잖아.

아르토　섬??? 섬으로 간다고? 섬으로 떠난다고?

또 다른 인격이 튀어나온 듯, 공격적으로 변하는 아르토, 고갱, 당황하지만 어떻게든 상황을 무마해보려 한다.

고갱　갑자기 무슨 소리야.

아르토　아니라고 하지 않잖아. 섬으로 갈 거야? 미지의 섬?

고갱　당장은 아니야!

아르토　당장은 아니라고? 곧 날 버릴 거란 얘기지? 이제 버려지는 건 신물이 나. 파리의 돈에 환장한 멍청이들은 날 버려도 좋아. 뭔가 진짜지도 모르는 머저리 천치들! 하지만 넌 안 돼, 폴 자네는 내 그

림을 알아봐줬잖아, 날 알아봐줬잖아, 응? 응?!

고갱 빈센트! 안 떠날게. 내 말 믿어.

아르토 정말이지?

고갱 … 그래. 내가 말한 건.

아르토 섬? 미지의 섬?

고갱 그래, 섬. 그건 그냥 그림을 그릴 때 어떤 영감을 주는 걸 말한 거 야. 너는 그렇지 않아?

아르토 모든 자연이 영감을 줘. 난 내 눈으로 보고 머릿속에 보이는 색하 고 질감을 표현 하려고…

고갱 색하고 질감? 오케이. 좋아. 근데 상상해서 그릴 용기도 없으면 그게 예술하겠다는 사람이야? 네가 부족한 부분이 그거야. 왜 그 걸 못하는 거야? 자연을 기본 스케치의 출발지점으로 하는 건 좋 아. 근데 그 이후에는 종합주의적으로 접근해야 돼. 세상에 완전 한 건 없어. 그만큼 불완전한 현실을 그림으로 그릴 때는 상상으 로 순화하지 않으면 안 돼. 맞지?

아르토 (마치 혼난 아이처럼) 맞는 말이야.

의사 여러분들은 방금 전, 정신병리학적으로 여러 병증을 앓는 환자의 에피소드를 보셨습니다. 굉장히 감정적이고 공격적인 성향을 보 이다가도 어느새 온순해져 자신이 잘 보이고픈 이에게 복종하는 모습을 보이기도 하죠. 이러한 감정의 극간이 벌어지게 되면 감정 의 최고조가 극단적인 형태로 표출되지요. 이를테면 자살입니다. 정신증을 앓는 환자인 아르토씨와 논리의 승부를 내고픈 마음은 추호도 없습니다만. 반고흐는 정신증의 에피소드로 자살했다는 저의 논리에 빈틈이 없음은 모두 확인하셨죠? 전 투철하고 논리 정연한 의사입니다!

아르토 뭘 그렇게 신나서 중얼거려요?

의사 아닙니다! 이야기 계속 하시죠?

자신만만한 의사 뒤의 스크린에서, 해가 타오르는 듯한 노을의 장면.
무대는 노을빛으로 가득찬다. 빛은 커튼에 뭉개져 기묘한 색들을 만들어
낸다.
아르토와 고갱, 의사마저도 정면을 바라본다.

아르토 폴 저것 좀 봐.

고갱 보고있어. 벌써 시간이 이렇게나 되었네. 밥이라도 먹으러 가자.

의사 여기 웬 시도 써 놓으셨군요. '인간과 바다'

어느새 스크린에 해와 겹쳐 간단한 색의 그라데이션이 나타난다. 곧 해
는 사라진다.
코러스들, 커튼과 비슷한 얇은 천을 감고 등장 해 스크린 앞에 선다.

고갱 (정신을 차리곤 활기차게) 빈센트, 아까 말한 아를의 카페로 갈까?

의사 자유인이여, 언제나 너는 바다를 사랑하리!

고갱 방이 너무 엉망진창이네. 방을 좀 치운 다음에 갈까?

의사 바다는 네 거울이니, 너는 /그 파도의

고갱 그리고나서 그릴만 한 것들을 다시 찾아보는 거야. 좀 재미있는
걸로.

의사 끝없는 전개 속에 네 넋을 관조하노니…

고갱 내 말 듣고 있어?

아르토 폴…

코러스들, 천천히 같은 동작으로 스크린 앞에서 회전한다.
의사, 고개 들어 코러스들을 발견하고 황당하게 바라본다.

아르토 저것 좀 봐. 폴, 저 색들 좀 봐!

고갱	무슨 색?
아르토	햇빛이 색을 바꾸잖아. 햇빛이 색을 만들잖아.
고갱	음! 그렇네. 그리고 밤 시간이야!
아르토	음 그렇네 정도가 아니야. 이건… (코러스에 다시 온 신경을 뺏긴다)
의사	… 끝없는 전개 속에 네 넋을 관조하노니 네 마음 또한 그보다 덜 쓰지 않도다.

무대를 채우고 천천히 유영하는 색의 잔상들.

아르토	빛이 있으면 모든 게 달라지잖아. 빛에 닿는 것들은 울렁거려. 질감도. 색도. 색은 절대 한가지 색이 아니야. 초록색은 초록색이 아니야.
고갱	무슨 말이 하고 싶은거야? 색이 색이 아니라니?
의사	너는 즐겨 네 영상 품안으로 뛰어드나니

코러스들, 동시에, 감고 있던 천을 앞으로 한 번 날리듯 펼친다.
이를 신호로 달리듯 무대 앞으로 나가 고흐와 고갱 주위를 돈다. 이때 몸짓은 물에서 수영하듯 천 위에서 구르는 등, 동작간엔 부드럽게 흐르는 것처럼 움직이다가 수중발레 쇼처럼 일제히 한번에 같은 동작을 한다.

아르토	어떤 부분은 노래지고 또 어떤 부분은 더 붉어지고…
의사	눈과 팔로 그것을 포용하며 네 가슴은.
아르토	경계가 허물어져. 무질서해지지만 질서정연해. 그냥 색 두어 개가 섞인 커튼이었는데. 울렁거려서 내 눈에 번져오는 거야.
의사	그 길들일 수 없는 야성의 비탄소리에.
아르토	눈을 감아도 형형색색의 잔상이 아른거리고, 이건 정말 대단하

잖아!

의사   때로 자신의 들끓음을 잊는구나.

아르토   우리가 뭐라고 이름 붙일 수 없는 색들도 저 안에 있을거야.

의사   그대들 둘이 모두 침침하고 조심스러워, 인간이여,

아르토   마젠타, 머스터드, 네이플… 이런 이름은 붙일 수도 없는 색들 말야.

의사   아무도 네 심연 바닥을 측량 못했고, 오 바다여,

아르토   분명 있어.

의사   아무도 네 속의 재보를 모르나니,

아르토   그 색을 캔버스 위에서 볼 수 있다면 얼마나 좋겠어?

의사   그토록 그대들 악착스럽게 비밀을 지키는 구나.

코러스들, 의사의 시가 끝나면 가만히 마지막 동작에 멈춰있다.

아르토   지금 끈질기게 눈에 남는 이 형형색색의 잔상을 붓터치랑 같이 눈 앞에 고정시켜 놓는다면 얼마나 황홀할까? 응?

고갱   너 말은 빛이 있으니까 색이 있단 거지.

아르토   바로 그거지. 우리 눈에 상이 맺히는 거야.

고갱   (아르토의 시선이 멈춘 곳을 같이 본다) 갑자기 과학자가 되기로 결심 이라도 한 거야? 그래. 빛이 있으니까 모든 것들이 눈에 비쳐들어 오는 것 아니겠어? 사물에 반사된 빛이 우리 눈에 맺히는 거지.

아르토   그것뿐이야?

고갱   그것뿐이냐니? 더 과학적인 설명을 원하는 거야?

아르토   …

동전 떨어지는 소리.

코러스들, 동전 떨어지는 소리에 놀라듯 퇴장한다.

고갱	빈센트, 우리 쓸데없는 소리는 이제 그만하자.
아르토	쓸데없는…?
고갱	다른 할 이야기가 얼마나 많은데, 넌 가끔 정신을 놓고 사는 것 같다니까. 술 먹고도 하지 않을 법한 이야기를 늘어놓기도 하고 말야, 하지만 그래서 재밌긴 해. 가끔 우습기도 하지만. 뭐 비슷한 종류라고 생각하자. 일단 이 쓰레기들 좀 치울 수 없을까? 난 깔끔하지 않으면 집중이 잘 안 돼.

고갱, 바닥에 깔린 종이들을 발로 아무렇게나 치운다.

고갱	빈센트, 너는 말이야. 정리라는 걸 너무 모르는 것 같아. 전에 파리 있을 때도 보니까 요리를 할 때도 방 정리를 할 때도 물건들을 툭툭 쌓아올리고, 옷도 휙 펼쳐가지고 쌓고 또 휙 펼쳐가지고 쌓고. 그 물감을 찍 짜가지고 바르고 찍 짜가지고 바르고 하는 거랑 똑같이 해.
아르토	하지만 의미 없는 건 아니야. 그건 내 나름의 실험에서 고안한 거야… 색을 얻어내는 거야… 색은 의미 자체니까 그걸 효과적으로…
고갱	알았어, 알았어. 또 흥분하려고 하네. 물 한잔 할래?
아르토	… 고마워.
고갱	그래 그림 얘기 같은 건 말야. 우리 앞으로 할 시간이 많아.
아르토	…
고갱	함께!
아르토	함께?
고갱	그래 함께. 그러기 위해서 먼저 정리해야 할 건 일단 이 방이랑 금전문제야.
아르토	금전?

동전 떨어지는 소리.

고갱　그래. 이제 우린 함께 살잖아.

아르토　함께 그림도 그리고?

고갱　그래. 뭐 그거야 우린 함께 사니까 함께지. 하지만 내 경험으로 미루어 보면 말야. 돈 관리를 함께 하는 건 현명한 방법이 아니야. 전담할 사람이 있어야지. 자네 동생에게서 받는 생활비가 얼마나 돼?

아르토　150프랑이던가? 아니면 200… 잘 모르겠어.

고갱　그래 잘 관리할 수 있겠지?

아르토　내가?

고갱　그래. 회계는 꽤나 복잡한 일이지. 하지만 중요한 일이야. 수에도 민감해야 할 테고. 이젠 식비도 두 배로 들 거고. 작업을 하려면 재료값도 있어야지. 너도 알다시피 유화물감은 꽤나 값나가는 물품이야. 그리고… 아 그래 아틀리에를 만들려면 그것 나름대로 또 자금이 필요할 거고 물론 자네의 동생에게서 도움을 받을 테지만. 우리가 받는 돈이 많은 돈은 아니니까, 그 안에서 잘 쓰려면 현명하게 관리해야 하거든.

아르토　난 돈관리는 쥐약이야.

고갱　그럼 어떻게 했음 좋겠어? (사이) 알았어, 알았어. 내가 하지. 네가 정 그렇게 원한다면.

아르토　… 고마워.

고갱　뭐 이런 걸로. 바닥에 쓰레기들 좀 치우고 있어, 난 자네 동생에게 후원을 늘려달라는 편지를 써보도록 할게.

고갱, 한편으로 가서 편지를 쓴다.
화면들에서 종잇조각들이 눈처럼 쏟아진다.

아르토   쓰레기…

아르토, 처연한 표정으로 바닥의 조각들을 모은다. 하나하나 쓰다듬는다. 조각들을 앉은 자신의 몸 쪽으로 계속해서 모은다. 아르토의 하반신은 거의 조각에 파묻힌다.

한순간 모든 조명은 사라지고 냅킨 조각 언덕과 아르토의 손에 탑이 떨어진다. 이때, 라이브 카메라를 제외한 영상들은 꺼진다.

조각들을 어루만지던 아르토의 손은 꾸물꾸물 움직여 손가락 사람이 된다. 손가락 사람은 길을 잃은 모양이다. 잠시 당황스러워 하다가 언덕을 오른다. 발이 푹푹 들어간다. 오르기 힘들다.

의사   지금 뭘 하고 있나요?
아르토   올라갑니다.
의사   어딜 올라가는 중이에요?
아르토   산이요.
의사   등산하는 걸 좋아하나요?
아르토   아뇨.
의사   …
아르토   산이 있어서 올라갑니다. 여기 이렇게 있으니까. 나는 올라가요.
의사   힘들어 보이는데요.
아르토   그래도 나는 올라가요. 여기 이렇게 오를 것이 있으니까.

이번에 손가락 사람은 수영을 한다. 산을 오를 때처럼 수영도 녹록치 않아 보인다. 손가락 사람, 힘들어 한다.

의사   지금은 뭘 하고 있어요?

아르토   건너갑니다.

의사   어딜 건너는 중이에요?

아르토   바다요.

의사   그럼 바다가…

아르토   바다가 있어서 건너갑니다. 여기 이렇게 있으니까. 나는 건너가요.

의사   쉬운 여정은 아닌 것 같은데요.

아르토   그래도 나는 건너가요.

의사   … 여기 이렇게 바다가…?

아르토   … 있으니까.

조명 다시 확 넓어진다.

스크린도 함께 out.

의사 제외 모든 배우 프리즈.

의사   환시는 의식장애를 수반하고 있는 환자들이 겪는 흔한 증상입니
다. 저는 환시 환각에 대한 수많은 논문을 읽었고, 실제 환자들의
묘사를 들은 바도 있습니다. 제가 잘 알고 있는 분야입니다. (사이)
잘 알고 있는 것이 맞습니까, 내가? 환시, 시각영역에 나타나는
환각의 일종으로 실재하지 않는 물체, 도형, 형상, 경치, 사람의
얼굴 또는 모습이 보이는 것을 말합니다. 달달 외고 있는 정의에
따르면 오늘 제가 목격한 것, 아직까지도 이 두 눈에 끈질기게 달
라 붙어있는 빛나는 잔상들은 존재하지 않는 것입니다… 존재하
지 않는 것이 확실합니까?… 본 것을 잊어야 옳겠지요… 옳습니
까? 본 것만 잊어야 합니까? 제가 믿던 것들은 아직 유효합니까?

아르토   폴 고갱은 처음부터 아를을 마음에 들어 하지 않았어… 그저 그
망할 돈 때문에 묶여 있었을 뿐이지! 그리고 자신을 동경하는 고

흐를 트집잡고, 가르치려 들면서 심술을 부린 거라고!

의사   열 살 먹은 애처럼 감정적으로 반응하시는군요. 논리적이지 못하시고.

아르토   지금 나를 애 취급했습니까?

의사   지금 이렇게 발끈하여 이 대화를 피해 버리신다면 확실해질 가설입니다.

아르토   … 그래, 고흐는 무조건적으로 고갱의 말에 굴복했습니다. 하지만 시간이 흐를수록 원인 모를 불쾌한 죄책감이 목을 조여왔다 이 말입니다. 그리고 자신의 예술관을 배반하고 있단 것을 깨달았습니다… 씨발, 애초에 맞지 않았던 예술관이었어. 바보천치가 아닌 이상 고흐도 고갱이 자신을 버리고 아를을 떠날 거란 걸 알아차릴 수밖에 없었습니다.

의사   고흐가 고갱을 원했다고 해서 꼭 고갱이 같은 마음일 필요가 있습니까?

아르토   같은 마음일 필요는 없다구? 당연히 다른 마음이었죠! 고흐에게 고갱은 그가 진심으로 존중했던 몇 안되는 화가이자, 동료이자, 테오만큼 소중한 벗이었습니다.

의사   부담스럽게도 고흐는 고갱에게 여러 굴레와 이름을 씌우는군요.

아르토   고갱은 '그가 취할 이익'을 우선하며 고흐를 점점 더 외롭게 만들었단 말입니다!

의사   고흐는 곁에 있어줄 동료가 필요했고, 고갱은 경제적 도움이 필요했군요. 하지만 고갱이 외로운 고흐에게 위로가 되어야만 하는 의무가 있습니까?

아르토   …

의사   그리고 타인과 자신의 관심사가 다를 수 있단 걸 받아들이는 게 사회에 적응하는 방법이 아닐까요?

아르토   고흐는 사회 부적응자였을지도 모르죠. 하지만 이런 역겨운 게 사

회라면 나 같아도 적응하지 않겠어. 고갱은 위선덩어리 사기꾼이었습니다. 남부 화가의 모임? 아틀리에! 입에는 그 말을 달고 살았지만 고갱에겐 전혀 진지한 얘기가 아니었습니다. 그저 불쌍한 고흐의 망상이라고 취급했으니까. 고흐의 외로운 현실에선 그게 유일한 희망이었는데!

의사 환자분은 고흐가 일방적으로 버림받았다고 생각하시는군요. 편협하게도 고갱을 고약한 악마로 매도하면서 말입니다. 그건 그렇다고 칩시다. 하지만 대화를 통해서 관계 변화를 시도했어야죠.

아르토 대화?

의사 그것이 보통 지각있는 사람들의 갈등 해결책입니다. 제가 알기로 고흐는 다른 환자들이 그렇듯 자신의 감정을 이성적으로 제어하지 못했고, 그 충동으로 극단적인 행동을 취한 것이 이 사건의 결말입니다. 아주 명쾌한.

아르토 … 명쾌하다구요?

의사 그렇습니다. 단언컨대, 아주 명쾌하지요.

아르토 … 아주 명쾌한…

의사 (관객에게) 바람직한 답을 도출하되 성급히 요구해서는 안되며 환자 스스로 병증을 지각하도록 유도하되 강요해서는 안됩니다. 비판적인 시각을 가지되 비난해서는 안되며 모든 치료의 시작과 끝을 환자에게 확실히 인식시키되 임의로 결말을 내어버려서는 안됩니다. 환자와 진지한 논의를 하되 논쟁을 해서는 안됩니다. 그리고 직전의 대화는 논쟁이라고도 이름 붙일 수 없는 '전쟁'이었습니다. 저는 나약해질 대로 나약해진 이의 상처를 헤집고 벌려내어 내장까지 끄집어내었습니다.

의사, 잠시 말없이 고통스러워한다.

고갱, 다시 아르토 곁으로 온다. 말을 꺼내진 않지만 심각한 표정으로 생

각에 잠겨있다.

아르토   그 날도 평소처럼 저녁을 먹다가 사소한 말다툼을 했지. 평소 같았으면 팽하고 그의 방으로 들어가 버렸을 거야. 그럼 난 또 닫힌 방문만 바라보면서 한숨 쉬고, 그런데 그날은 아니었지, 이상하게도.

의사   아르토씨?

고갱   빈센트, 지루해. 나는 원시의 세계에 갈증을 느끼고 있어. 빈센트, 미지의 섬을 알아? 빈센트! 나는… 아니, 넌 끝까지 이해 못 할 거야.

고갱, 퇴장.

아르토   기다렸어, 계속. 기다리는 것말고 달리 뭘 할 수 있었겠어. 그런데 기다림이 길어지니까 지나간 것들이 떠오르지 뭐야. 지나간 것들, 지나가는 것들, 그리고 지나갈 것들까지… 그리고는 폴이 날 두고 떠나버렸단 걸 알아차렸지. 다급하게 나는 집을 나섰어. 아를의 카페, 1번지, 광장, 식료품 가게, 그리고 깜깜한 공원. 거기 서 있는 폴 고갱.

의사, 글의 내용을 확인하려 종이를 들여다보고 있으면 아르토, 의사에게 달려든다.
의사, 아르토를 때리지 않는 선에서 제지하려고 한다.
아르토, 흥분해서 달려는 들었지만 그다지 위협은 주지 못하고 제지 당한다.

의사   아르토씨, 진정하세요.

아르토 의사선생, 면도 해 드릴까요? (주머니에서 면도칼을 꺼내든다)

의사 (놀라며 조금 물러선다) 아뇨. 괜찮습니다.

아르토 (의사에게 다가가며) 아주 깔끔하게 잘 할 수 있는데요.

의사 정말 괜찮습니다. 면도칼은 잠시 제게 주시겠어요?

아르토 나는 평소에 자살에 집착하진 않습니다. 하지만 아침마다 면담이 끝나고 나면 그대로 목매달고 싶은 욕구가 강하게 들고는 하죠. (의사를 똑바로 보며) 차마 의사를 죽이지는 못하겠으니까요.

침묵 사이에 귀뚜라미 소리가 들린다.
아르토와 의사, 긴장을 늦추지 않은 채 그 자리에 서 있다.

아르토 (몸을 돌려 의사를 등진다) 그리고 고흐도 분명 그랬어요.

의사 … 오늘은 이만 할까요.

아르토 아니. 고갱은 날 두고 가버렸어요. 이렇게 떠나보낼 수는 없습니다.

아르토, 극도의 초조한 상태로 테오에게 편지를 쓴다.
귀뚜라미 소리와 함께 온갖 벌레 소리가 조그맣게 들린다.
보이지 않는 벌레들의 소리가 의사에게도 들리기 시작한다.
의사, 놀라서 이곳 저곳을 두리번거리지만 아무 곳에서도 찾을 수 없다.
조명이 군데군데 꺼지고 침침한 가운데 전체적으로 고장난 형광등처럼 깜빡거리기 시작한다.

아르토 테오야, 처음에 나는 용기가 없어서 상상해서 그릴 수가 없었어.

의사 아르토씨. 지금 뭘 쓰고 계세요?

아르토 (들리지 않는다) 그때 고갱이 상상력과 용기를 줬지. 근데 나는 그 상상력으로 정작 내 그림을 배신한 거야. 난 자연도 배신했어. 내

	가 내 그림을 망쳤어. 테오야,
의사	제 말 들리세요?
아르토	고갱은 정말 날 떠날 것 같다. 고갱은 아를도, 나랑 있는 것도 좋아하지 않거든. 난 이제 뭐가 날 위한 건지 모르겠어.
의사	누구에게 편지를 쓰신 거죠? 아르토씨!
아르토	그야 제 동생 테오에게. (편지를 의사 손에 쥐어주며) 테오에게 좀 전달해주세요. 부탁합니다.

의사, 자신의 귀를 의심하며 벙찐다.
생각에 잠겨 면도칼을 들어올리는 아르토.
벌레 소리가 가까이에 있는 듯 점점 크게 들린다.

| 의사 | (미심쩍은 듯) 빈센트씨? |

아르토, 돌아본다.
의사, 잠시 당황하지만 이내 어렵게 입을 뗀다.

| 의사 | (아르토에게 천천히 다가가며) 지금 어떤 상태죠? |
| 아르토 | … 그저 잠시 생각 중입니다. |

아르토, 한쪽 손으로는 자신의 귀를 만진다.

아르토	(침착하게 거리를 유지하며) 소중한 친구는 잃고 싶지 않은 법입니다.
의사	당신이 이런다고 고갱이 돌아올까요? 오히려 고갱이 내일 당장 떠날 수도 있지 않나요?
아르토	내가 그걸 몰랐을까요?

의사	알고 있다구요?
아르토	알던 모르던 그건 상관없습니다.
의사	고갱이 돌아오지도 않는데 이러는 게 무슨 도움이 되나요?
아르토	나는 항상 내가 할 수 있는 최선을 다할 뿐이오.

의사, 무슨 말을 해야 할지 몰라 얼어붙는다.
아르토가 귀를 자른다.

의사	빈센트!

몇 초간의 짧은 암전. 벌레 소리가 귀를 찢을 듯이 극장을 채운다.
벌레소리 어느새 멎고 나면 적막 속에 어둑한 탑조명이 떨어진다.
얼굴 한쪽이 피투성이가 되어 마치 피에타의 예수처럼 의사에게 안겨있
는 아르토.
첫 마디는 낮은 음으로 서서히 들어가서 빨라지는 식의 혼란스러운 피
아노 소리가 들린다.

암전.

5장. 고흐 병문안 온 테오

낮. 아르토의 병실.
아르토, 머리에 붕대를 감은 채 침실에 앉아서 무언가를 쓰는데 열중하
고 있다. 옷도 어느새 누더기 같은 옷으로 바뀌었다. 중얼거리기도 하고

비슷한 단어를 반복해 말하기도 한다. 죽죽 그어 버리고 다시 쓰고를 계속한다.

의사, 그 옆에서 조심스럽게 아르토를 지켜보고 있다.

의사　기분이 어때요?

아르토　괜찮아요.

의사　귀는 아프지 않아요?

아르토　아무렇지도 않아요.

의사　기억나는 걸 말해줄래요?

아르토　아무 기억이 안나요.

노크소리. 테오 들어온다.

테오　형! 괜찮아?

아르토　테오야.

테오　전보 받고 기절하는 줄 알았어!

아르토　괜찮아. 피 조금 난 거 가지고. 난 괜찮아. 널 보니 좋다.

테오　(의사에게) 선생님, 저희 형 괜찮은 거죠?

의사　네. 환자분이 유전적으로 간질이 있으시죠?

테오　맞아요.

의사　압생트나 커피를 너무 많이 마셨구요, 식사도 자주 거르시는 데다가 잠도 잘 못 주무신 것 같더라구요. 다른 것보다도 규칙적인 생활하고 안정이 필요한데, 너무 오랫동안 방치됐어요. 그래서 우울증 증상도 심해지고 발작까지 오게 된 겁니다.

테오　(아르토의 손을 잡는다) 형…

의사　스트레스 안 받는 환경에서 가족 분께서 신경 잘 써주세요. 입원치료는 필요 없습니다.

테오　　감사합니다.

의사　　너무 걱정마세요. 면회 시간 충분히 가지셔도 좋습니다.

　　　　　　의사, 병실 한켠으로 가서 차트를 보는 듯 종이를 들춰본다.

테오　　(아르토에게) 뭐하고 있었어?

아르토　그냥… 그리고 있었어.

테오　　형이네? 지금 형의 모습을 그린 거야? 귀가 없는 형을 봐. 왼쪽 귀
　　　　　　가 너덜너덜해져서 붕대를 하고 있잖아.

아르토　귀는 그냥 울퉁불퉁한 고깃덩이야.

테오　　울퉁불퉁한 고깃덩이는 얼마 전까지 형의 귀였다고!

아르토　내 머리통에 붙어있던 성가신 걸 떼어내니까 시원해. 뭔가 더 잘
　　　　　　들리는 것 같아. 바람이 잘 통해서 그런가?

테오　　그 구멍은 지금 거즈랑 붕대로 쳐막혀 있잖아.

아르토　…

테오　　형, 제발!

아르토　초상화는 다른 그림하고는 또 다른 매력이 있어. 근대적 초상화.
　　　　　　하지만 사진처럼 인간을 담는 건 의미가 없지. 똑같이 그리는 건
　　　　　　기계도 할 수 있는 일이잖아. 진짜 있는 것들을 담지만 진짜 같으
　　　　　　면 그림이 왜 필요하겠어? … 하지만 있는 그대로에서 시작하는
　　　　　　건 중요하지. 그대로를 봐야 해. 그게 아무리 추악하고 힘들어도
　　　　　　본질은 거기 있어. 피하면 안 돼. 피하지 않을 거지?

테오　　그래 피하지 않을게.

아르토　정말이지? 약속할 거야?

테오　　응. 약속해.

　　　　　　조각난 화면들에 붕대를 감고 있는 고흐의 자화상이 비춰진다.

자화상들은 모두 같아도 좋고 색이 미묘하게 다르거나 좌우상하가 반전된 다른 버전이어도 좋다.

아르토 (거울을 들어 얼굴을 비춰보며) 사람들이 내 그림이 유명해지는 일은 없을 거래. 차라리 그림이 멸망하는 게 더 빠를 거라구.

테오 말도 안 되는 소리야. 형은 훌륭한 화가야.

아르토 동생 등을 쳐먹고 있는 거래. 불쌍한 동생은 매달 월급의 4분의 1을 헌납하면서 무능력한 형을 보살피고 자신은…

테오 그런 말 귀담아 듣지 마. 형의 그림은 훌륭해. 하지만 그림보다 더 중요한 건 형이야. 난 형이 스스로를 다치게 하지 않았으면 좋겠어.

아르토가 거울을 내려놓으면 화면들도 사라진다.

아르토 난 매일 아침 내 그림들을 찢어버리고 싶어. 그리고 실제로 그랬던 적도 있는데.

테오 왜 그림을 찢어?

아르토 아무도 봐주지 않고 구석에서 먼지 먹는 것보단 찢어주는 게 낫잖아. 먼지 쌓인 그림들을 보면 난 슬퍼. 그런데 찢긴 그림들을 보면 그것도 슬퍼. 그래도 난 가끔 내가 사랑하는 것들을 찢어버리고 싶어. 사실 매일.

테오 잘린 귀를 라셀이라는 여자에게 줬다며?

아르토 응 창녀.

테오 왜 그 여자에게 줬어?

아르토 창녀?

테오 그래 1번가에 그 여자.

아르토 1번가에 창녀?

테오	그래, 라셸이라는 여자.
아르토	창녀 라셸?
테오	왜 줬어?
아르토	누구한테?
테오	그래, 그 '창녀 라셸'! 그 '창녀' 한테 왜 준 거야?
아르토	엄밀히 말하면 그건 준 건 아니고 맡긴 건데.
테오	그 '창녀 라셸' 은 형의 귀를 보고 놀라서 기절했다던데.
아르토	그래? 기절했대?
테오	그래!
아르토	…
테오	무슨 생각해?
아르토	1번가에 한번 찾아가야겠어. 가서 사과도 하고 귀도 다시 받아야지.
테오	사과만 해.
아르토	그래.

대화가 멈추고 조명이 고즈넉해진다. 테오와 아르토는 나란히 앉아 평화로운 모습이다.
간간히 들리지 않는 이야기를 하기도하고, 둘 천진하게 웃기도 한다.

의사 들어와 테오의 어깨에 손을 올린다.

| 테오 | (아쉬운 듯 일어나며 의사에게) 그럼. 형 잘 부탁드릴게요. |

테오, 의사에게 인사하고 퇴장.

| 의사 | 착한 청년이네요. |

아르토　내 소중한.

웅성거리는 거리의 소음이 들린다. 무대 한편에서 라셀이 등장한다.
무대 운용 상 라셀이 등장하는 것은 맞지만 고흐가 찾아가는 느낌이
들도록.

라셀　제게 귀를 잘라 주신 화가분이시군요?

아르토　네. 그 사람입니다.

라셀　붕대를 하고 있네요.

아르토　네…

라셀　꽤나 아파보이구요.

라셀, 손을 들어 아르토의 귓가를 쓰다듬는다.
아르토 살짝 놀라 주춤거린다.

아르토　저… 기절하셨었다고.

라셀　꾸러미를 열었더니 피투성이 귀가 있는데 당연하죠. 오늘도 뭔가
저를 기절시킬만한 것을 들고 오셨나요?

아르토　아뇨… 그게… 사과를 드리려고…

라셀　사과를 받아들일게요. 하지만 뭐, 여긴 1번지니까. 어떤 일이 일어
나도 놀랍지 않은 곳이죠. (집게손가락으로 자신의 귀쪽을 가리키며)
근데 정말 괜찮은 거에요?

아르토　네… 뭐 출혈이 있긴 했지만 괜찮다더군요.

라셀　아뇨, 귀 말고 머리말예요.

아르토　예?

라셀　아니, 그 일이 있은 후로 의사랑 경찰들이 여러 번 다녀갔어요. 그
사람들한테 들으니까 미쳤다. 아니, 그 의사들 말을 제가 전해 들

은 건데, 그 머리가… 아니, 뇌쪽에 문제가… 병이 있으시다고…

아르토　내가… 미쳤다구요?

라셀　아, 그렇게 받아들였다면 내가 꽤 실수한 건데. 그게…

아르토　그렇게 생각하나요? 내가 미친 것 같아요?

라셀　의사들이…

아르토　의사들 말구요.

라셀　…

아르토　그렇게 생각하는군요. 내가 귀를 잘라서, 그리고 그걸 당신에게 주었기 때문에… 그래서 당신에게 나는 미친놈이 되었네요.

라셀　아…

아르토　내 귀를 돌려줘요.

라셀　네?

아르토　당신의 생각을 명확히 알았으니, 그건 다시 나에게 있어야 해요. 내 귀를 줘요.

라셀　그건 경찰이 가져갔어요. 증거로 보관하다가 버렸다고 들었어요.

아르토　(고개 숙여 인사한다) 사과 받아줘서 고마워요.

라셀　됐어요. 괜찮아요. 그럼 저 이만 가 볼게요. 얼굴에 그 붕대… 빨리 풀길 바래요. 그리고 또 들러주세요. 화가분들은 언제나 좋은 고객이니까!

라셀 퇴장. 아르토 고개를 푹 숙이고 숨을 몰아쉰다.
라셀이 등장한 방향에서 경찰 등장.

의사　저기… 괜찮으십니까?

경찰　빈센트 반 고흐씨?

아르토　네?

경찰　잠시 이야기 나눠야겠습니다.

아르토 … 경찰과 나눌 이야기는 없는데요.

경찰 빈센트씨가 귀를 자르신 얼마 전의 소란으로 주민들이 탄원서를 제출했습니다.

아르토 탄원서요?

경찰 네. 증언을 한 주민의 수가 적지 않은 숫자라 말이죠.

경찰, 아르토에게 억지로 환자복을 입힌다. 그리고 귀를 잡고 끌고 다닌다.
의사 당황해서 쫓아 간다.

의사 저기요. 놓고 말씀하시죠! 이 사람은 얼마 전에 수술을 한 환자입니다.

경찰에겐 들리지 않는다.
곳곳에서 작은 스크린들 내려오고 차갑게 정면을 응시하는 커다란 눈들이 나타난다. 눈들은 때때로 눈알을 굴려 아르토를 쳐다본다.
코러스들 한 명씩 차례로 등장한다. 어딘가로 향하다가 누가 부른 듯 멈춰서서 정면을 보고 대사한다.

할머니 그 화가랍시고 하는 그 사람 말이야, 다른 주민들이 전부 있는데도 저기 사거리 앞에서 내 허리를 껴안았다니까. 하이고 그냥 어찌나 놀랬던지. 응? 응. 저기 강가에서. 나를 꽉 껴안더라고.

의사 이 사람이 아닐 겁니다!

청소년 우리 집 옆 노란 집에 사는 정신병자가 있는데요, 동네 여자들이 모여있으면 가서 몸을 만지구요, 뭐라고 지금 말씀은 못 드리는데, 그 앞에서 대놓고 음란한 말을 한다니까요.

아르토 맹세코 그런 적 없습니다.

의사   다 거짓말이에요! 이거 놓고 얘기하시죠, 예? 안들립니까?

애엄마   빈센트는요 대낮이고 밤이고 안 가리고 술을 엄청 마셔대요. 전에 귀 잘랐다는 거 들으셨죠? 우리 애들한테도 무슨 짓을 할지 모른다구요. 우리 큰애가 이번에 겨우 일곱살인데, 귀라도 뜯으려고 하면 그 어린 것이… 어떡하겠어요.

아르토   아니야…

의사   아니야!

경찰   이 외 30여 명의 주민들이 두려움에 떨고 있으며 빈센트 반 고흐를 특수기관에 수감해달라고 강력히 요구했습니다. 그렇게 돼서요, 죄송합니다. 선생님 좋은 분인 건 알지만 여론이라 무시할 수가 없네요. 함께 가시죠.

암전.
영상 속 눈들, 일제히 눈을 감았다 뜬다.
영상 Out.

6장. 내가 가도 돼?

병실. 그러나 이전과는 다른 버전이다. 마치 교도소의 독방에 갇힌 듯하다.
주변에서 두드리는 듯한 소리와 함께 산기슭에서 날 법한 짐승 울음소리가 들린다.

아르토   (흠칫 놀라며) 무슨 소리죠?

| 의사 | 아마 다른 환자들이 내는 소리일 겁니다. 여기는 정신병동입니다. 이전의 일반 병동과는 다를 겁니다. 규칙도 엄하고, 환자대우도 가혹한 곳입니다. |

의사 아마 다른 환자들이 내는 소리일 겁니다. 여기는 정신병동입니다. 이전의 일반 병동과는 다를 겁니다. 규칙도 엄하고, 환자대우도 가혹한 곳입니다.

아르토 난 마을 주민들에게 해코지한 적 없어요.

의사 저는 알고 있지만, 제가 할 수 있는 게 없군요.

아르토 난 미친놈이 아니야! 난 지나가는 여자를 만지고 마을주민들한테 폭력적으로 군 적도 없어요!

의사 …

아르토 나 좀 꺼내 줘요.

의사 …

목소리 환자번호 890-729 강제구금. 정신적, 물리적 치료와 교화를 목적으로 한다. 비교적 가벼운 범죄이므로 구금해제시 이를 위한 교화여부 신문은 생략한다. 그림을 그리는 등의 특정활동은 금지한다.

아르토 날 꺼내줘, 꺼내 달라고!

아르토, 흥분하여 사방을 돌아다니며 두들겨댄다.
바닥을 내리치며 소리지른다

아르토 꺼내줘, 꺼내줘, 꺼내줘! 나 안 미쳤어, 나 안 미쳤다고!

아르토 한참 동안 소리친 후 힘이 빠져 엎드린 채로 숨을 몰아쉰다.

의사 편지가 왔어요. 테오가 보낸 편지군요.

아르토 편지! (고개를 든다) 읽어줘요. 내게 읽어줘요.

의사 형, 병원은 지낼만해?

흰무리들, 나타나 아르토 주위를 맴돈다.

의사 정신 병원은 처음이잖아. 걱정 돼.

아르토 테오야…

의사 경찰들이 회사에 여러 번 찾아 왔었어…

아르토 회사에…? 나 때문에…?

의사 (망설이다가 편지를 읽는다) 그 때문에 화랑이 조금 뒤숭숭했지만 형은 걱정하지 않아도 돼, 나한테 언제나 1순위는 형이니까! 난 이 편지가 형을 기쁘게 했음 좋겠어, 내가 느끼는 행복함이 편지에 묻어가면 좋을 텐데! 나, 좋아하는 여자가 생겼어. 곧 결혼해.

아르토 결혼? 정말 잘 된 일이다. 그런데 테오야 있잖아… 나 여기서…

의사 이름은 요안나야. 정말 신비롭고 생기발랄한 여자야. 그리고 맘씨도 천사 같아! 사실 나 요 몇 주간은 요안나의 도움으로 생활할 수 있었어… 화랑에 경찰들도 오가고, 좀 뒤숭숭했거든… 그리고 불경기잖아. 요새는 거의 모든 화랑이 어려워. 하지만 요안나는 경제적인 궁핍에 허덕이는 나를 기꺼이 도왔어.

아르토 경제적 궁핍…

의사 가장 환상적인 부분이 뭔지 알아? 요안나가 형을 후원하는 것을 찬성해! 그래서 요 몇주간 내가 여유롭지 않았는데도 형에게 생활비를 보낼 수 있었던 거야. 정말 착한 여자지?

아르토 그래… 정말 고운 맘씨를 지닌 사람인 것 같아, 테오야.

의사 형을 어서 결혼식에 초대하고 싶지만 당분간 결혼식을 올리는 건 어려울 것 같아. 사실 결혼식 같은 큰 행사는 전부 돈이잖아. 그리고 형도 많이 아프고… 요안나도 우리가 좀 더 여유가 생기고, 화랑도 정상적으로 운영되면 식을 올리는 것에 동의 했어. 하지만 이번 주 안으로 요안나가 집에 들어올 거야. 함께 살기로 했거든.

무대 뒷편 양끝에서 면사포를 쓴 요안나와 테오가 등장한다.
결혼식을 하듯 조심스럽게 서로를 향해 걸어온다. 둘, 왈츠를 춘다.

아르토 축하해.

의사 사랑에 빠진다는 건 탐스럽게 잘 익은 딸기를 따는 것 같아.

아르토 좋은 비유구나. 맞아. 사랑은 봄처럼 상쾌하고, 달콤할 거야.

의사 정말.

아르토 탐스럽게 잘 익은 딸기를 따는 것처럼.

의사 형은 곧 나올 거야. 의산 별 거 아니래. 쉬면 바로 괜찮아질 거래.

아르토 그럼. 발작은 다시 안 일어날 거야. 난 전혀 무섭지 않아.

의사 필요한 게 있다면 꼭 말해 줘. 형은 소화기관도 약해서 고기나 기름기 많은 음식도 못 먹잖아. 형이 밥을 제대로 못 먹는다거나, 아파서 힘들지 않았음 좋겠어.

아르토 여긴 즐거운 곳이야. 마음이 편해지고 벌써 내가 낫고 있는 게 느껴져.

의사 형. 요안나가 임신을 했어. 세상에. 믿기지가 않아

아르토 너무 기쁜 소식이야.

의사 아기 이름은 형 이름을 따서 빈센트로 지을까 해.

아르토 내 이름을 가진 조카…

의사 하지만 아들의 탄생이 기쁘다고만 하면 거짓말일 거야. 아이가 태어난 직후 고 주먹만한 얼굴을 보았을 때, 난 엄청난 행복함과 동시에 부담감을 느꼈어. 아빠가 된다는 건 환상적인 일이지만 동시에 어깨가 무거워지는 일인 것 같아. 형, 내가 아이를 잘 키울 수 있을까? 내가 아이가 잘 클 때까지 잘 보살펴줄 수 있을까? 감정적으로나 경제적으로 말야. 집에 단지 자그마한 아이가 하나 더 있을 뿐인데 생활비는 세 배쯤은 더 드는 것 같아. 어서 형이 나와서 우리 집으로 왔음 좋겠다. 그래서 나랑 얘기도 해주고 그러면

좋을거야.

아르토 넌 분명… 좋은 아빠가 될 거야… 좋은 동생이니까… 나도 얼른

가고 싶어.

흰무리2 내가 거기 가도 돼?

흰무리1 내 자리는 없을 텐데.

흰무리3 무거운 짐 빈센트 반 고흐.

의사 요안나도 형을 많이 보고싶어 해.

아르토 금방 갈게.

흰무리2 정말?

흰무리1 정말 거기 내가 있을 자리가 있어?

흰무리3 미친 반 고흐.

아르토, 흰무리들 사이를 지나 힘겹게 테오와 요안나에게 다가간다.

아르토 테오야…

테오와 요안나, 발작적으로 비명을 지르며 양쪽으로 찢어져 도망간다.

흰무리2 정말?

흰무리1 정말 거기 내가 있을 자리가 있어?

흰무리3 미친 반 고흐.

그런 아르토를 바라보는 의사.

벽시계 소리가 크게 울리면 흰 무리들, 서서히 멀어져 사방으로 흩어져

걸어나간다.

의사, 아르토에게 다가가 환자복을 벗겨준다.

조명, 환하게 밝아지고 넓어진다.

목소리　환자번호 890-729 강제구금해제. 재범 시 다시 구금시킬 것.

의사　빈센트씨, 구금기간은 끝났습니다. 동생분에게 가셔야죠.

아르토　아뇨.

의사　빈센트씨…

아르토　테오야, 나는 의사의 관리를 좀 더 받는게 좋을 것 같아.

의사　(다시 편지를 든다) 정말 형이 치료를 원한다면 형의 뜻에 따를게. 오베르에 평판이 좋은 정신과 의사가 있대. 상담을 받아보면 어때? 아주 친절하고 유능한 의사래.

아르토　그래. 좋아.

의사　그래도 치료가 길지 않았음 좋겠어. 얼른 건강해져서 올 거지?

아르토　그럼. 고마워. 고마워.

7장. 가셰라는 케르베로스

저녁. 파리의 근교(오베르쉬르와즈). 가셰 의사의 집.

가셰 등장.

가셰　기다리고 있었습니다. 고흐 선생. 주치의를 맡게 된 가셰입니다.

아르토　반갑습니다.

가세 선생에 관해선 동생분한테 많이 들었습니다.

아르토 네. 저녁 초대해 주셔서 감사합니다.

가세 보니 기분이 좋아보이십니다!

아르토 아… 예…

가세 (고흐와 가세, 테이블에 마주보고 앉는다) 동네는 마음에 드시는지 모르겠네요. 근교라 한적하죠?

아르토 오는 길에 언뜻 봤지만 아주 좋아요. 아를보다도 좋습니다. 자연 속에서 그림을 그릴 수 있겠어요.

가세 아를에서는 소란스러운 일이 있었다죠. 발작을 일으켜 스스로 귀를 잘라내셨다구요?

아르토 네, 뭐.

의사 이 자가 의사면허증을 가졌는지 의심스럽군요. 환자의 예민한 과거나 에피소드에 대해서 이렇게 직접적으로 언급하다니, 말이 안되는 방식입니다. 이전의 대화는 아주 짧았지만 화술에서도 원하는 답을 강요하는 태도를 확실히 느낄 수 있구요!

가세 그리고 경찰에게 끌려가 강제 구금 당하셨다지요? 얼마나 고생하셨을까!

의사 갈수록 기가 막히네요.

가세 듣자 하니 그림도 못 그리고 외출도 불가한 강제 구금조치였다던데. 말도 안 되죠. 화가가 그림을 못 그리면 쓰나요. 제가 도와드릴 수 있게 되어 기쁘네요.

아르토 생활 습관을 비롯해서 관리 받을 필요성을 느끼기는 합니다.

가세 여기서는 걱정 마세요. 저는 아마추어지만 예술을 사랑하는 사람입니다. 특히 제 아내가 떠난 이후로…

아르토 … 그 이후로.

가세 아닙니다. 저는 선생 말고도 여러 화가며 예술가들의 주치의를 맡았죠. 저를 편하게 생각하세요.

아르토 네.

가셰 고민이 생길 때 뭐든 털어놓으셔도 됩니다. 원하실 때마다 저희 집에 들르셔도 되구요. 그나저나, 왜 통 안 드시는지. 고기 별로세요?

의사 이 환자는 소화기관이 약해 고기 같은 부담스러운 음식은 좋지 않습니다. 대체 진료 전에 환자의 신체적 특이사항도 체크 하지 않는 정신과 의사가 어디에 있단 말입니까?

아르토 아뇨. 배가 별로 고프지 않네요…

가셰 많이 드셔야 기운을 차리시죠. 힘드시면 남겨도 좋습니다.

아르토 그럼 좀 남기겠습니다.

가셰 그러세요. 옆의 짐은 선생의 것이겠죠?

아르토 예.

가셰 화가의 짐에는 그의 작품도 있을까요?

아르토 그렇죠.

가셰 제가 좀 볼 수 있겠지요? 선생 작품을 좀 보고 싶어서요.

아르토 그러시죠.

가셰 이거 영광이군요!

아르토 (트렁크 안에서 그림을 건네며) 초면인 분에게 직접 그림을 보이는 것은 처음이네요.

가셰 아, 그렇습니까? (그림을 본다) 저는 생전에 이런 그림은 본 적이 없군요.

아르토 (단호하게) 저는 자연이 주는 모티프에 충실할 뿐입니다.

가셰 선생 눈에 세상이 이렇게 보인다는 말인가요? … 그렇군요. 제 소견으로는 그게 선생의 정신질환과 관계가 있을 것 같네요. 이토록 어지러운 세상이라니, 얼마나 고생하실까!

의사 심지어 그의 작품들을 정신증의 산물로써 모욕을 주고 있네요. 그리고 환자에게 정신질환이 있다는 것을 강조하며 강요하고 있어

요! 이건 정말이지…

가셰 하지만 그래서 제가 여기에 있는 거죠. 환자분을 정상적인 생활로 복귀시키기 위해서!

의사 …?

가셰 저만 믿으세요. 눈치채셨겠지만 전 아주 의욕적인 의사랍니다! 앞으로는 복잡하게 생각하지 마시죠. 예술치료라고 생각하시는 겁니다. 절 당신의 친구라고 생각하세요. 그보다 더 좋을 수도 있고요.

여기서는 아무 생각 마시고, 나가서 오직 자연과 그림과, 자기 자신에 몰두하는 겁니다. 방법은 간단하고 유일합니다. 그럼 다음 세션 때까지 오베르의 정원을 그려오는 것으로 할까요?

아르토 … 그릴 대상을 정하시겠다구요?

의사 아니, 아니요. 잠깐, 그만.

가셰 제 앞엔 환자가 있고 그를 치료하는 것은 저의 사명이지요. 저는 빈센트씨를 정상적인 범주의 생활로 복귀시키기 위해서 최선을 다할 겁니다.

의사 영상 IN.

가셰 아를에서 작업 중 발작이 찾아오면 물감을 드셨다지요?

아르토 그건…

가셰 일반 물감도 아니고, 유화 물감을! 유화 물감은 몸에 아주 해롭답니다. 아시죠? 환자분을 위해서 앞으로 작업을 하실 땐 저희 간호사가 동행하도록 처방할 예정입니다. 때가 되면 우리 간호사가 약을 챙겨드릴 수도 있겠지요. 좋은 일입니다!

아르토 간호사는 됐습니…

가셰 (호탕하게 웃으며 일어나 아르토와 악수한다) 좋은 시작입니다!

머리1,2,3,4 재빠르게 가셰의 등 뒤에 붙는다.

가셰　다음 세션 때 뵙지요. 오베르의 정원을 그린 그림도 함께요!

가셰, 아르토에게 가볍게 목례를 한다. 그리고 몸통이 바뀐다. 머리 중 한 명이 몸통이 되고 가셰는 그 뒤에서 머리가 된다.

머리가셰　자 빈센트씨, 세션 시작할까요?

　　　［의사　　자 아르토씨 세션 시작할까요?］

머리1　기분은 어때요?

　　　［의사　　기분은 어때요?］

머리2　점심은 맛있게 드셨나요?

　　　［의사　　점심은 맛있게 드셨나요?］

머리3　오늘 날씨 좋죠?

　　　［의사　　오늘 날씨 좋죠?］

머리4　뭘 쓰고 계세요?

　　　［의사　　뭘 쓰고 계세요?］

머리1　같이 한번 볼까요?

　　　［의사　　같이 한번 볼까요?］

의사, 영상이 투사 되는 벽으로 가 영상을 끄려고 한다.

의사　아니야, 이거 꺼! 당장 꺼.

머리가셰　저는 빈센트씨를 돕기 위해 이 자리에 있는 겁니다.

　　　［의사　　저는 아르토씨를 돕기위해 이 자리에 있는 겁니다.］

머리2　환자분이 원하지 않는 일은 하지 않겠습니다.

　　　［의사　　환자분이 원하지 않는 일은 하지 않겠습니다.］

머리3   약속하죠!

[의사   약속하죠!]

머리4   당신을 고치는 것은 저의 사명이랍니다!

머리2   사명!

머리3   사명!

영상, 자신만만한 의사의 모습과 진료에서의 당당한 모습.
의사 괴로워하며 온 벽을 치며 포효하다가 아르토에게 간다.

의사   아닙니다. 아니에요. 환자분, 저는 그런 의도가 아니었습니다. 아
닙니다.

머리1   안녕하세요. 가셰 박사님께서 보내셨습니다. 환자분이 충동적으
로 물감을 드시어 건강을 해치는 것을 막기 위해 입 가리개를 착
용시켜드리라더군요.

의사   말도 안 돼.

아르토 철마스크를 입에 쓴다.

의사   아니요, 쓰지 마세요.

머리2   약 드실 시간입니다.

머리3, 아르토의 입가리개를 잠깐 풀고 입에 약을 넣는다. 아르토 힙겹
게 삼킨다.

머리3   자, 아 하세요. 약을 삼키셨는지 확인하는게 제 임무랍니다. 종종

환자분 중에 혀 밑에 약을 숨기셨다가 뱉는 분들이 계시답니다.

의사 닥쳐! 그 입 닥쳐!!!!!!!!!이 개새끼들아!

머리3 잘 드셨네요.

의사 이젠 아르토의 앞에서 바닥에 머리를 쳐박고 울며 빈다.

의사 죄송합니다… 죄송합니다…

머리4 안녕하세요. 가셰 박사님께서 환자분에게 수정된 처방을 전하라고 하십니다. 환자가 유화작업을 할 때 발작이 올 것을 대비하여 그를 지키기 위해 입가리개를 처방하였습니다. 하지만 환자가 화가이고, 그의 곁에 항상 유독한 물감이 있다는 점을 고려하여 음식물을 섭취하고 약을 복용하는 때 이외에는 항상 입가리개를 착용할 것을 권합니다.

영상 OUT.
조명, 음산하고 비현실적인 느낌으로 바뀐다.
동물 울음소리 같기도 하고 아기 울음소리 같기도 한 소음이 들린다.
가셰와 머리들 분리되어 아르토를 잡으려 한다.
아르토, 숨가쁘게 가셰와 머리들에게서 도망친다. 머리들은 까마귀 울음소리를 낸다.
한동안 추격전이 벌어진다. 아르토, 곧 붙잡혀 바닥에 주저앉는다.
조명, 어두워진다.
시끄러운 현대음악 같기도 한 쇳소리가 은근히 들린다.

머리들, 아르토 주위를 느릿느릿 맴돈다. 머리들이 내던 새 울음소리, 아기 울음소리가 된다.

의사, 얼어붙는다. 두려움과 죄책감에 오열하며 몸을 떤다.

머리들　빈센트?

아르토, 돌아본다.

머리들　빈센트!

이번에 목소리는 아기를 부르는 듯하다.
그대로 얼어붙는 아르토.
머리들, 퇴장.

아르토　나는 내 동생의, 아니 고흐의 동생의, 그러니까… 테오의 아들이… 내 이름을 딴 새 생명이 태어나는 순간 부양해야 할 식구 하나가 더 늘었다는 사실을 절감했습니다. 내가… 아니, 고흐가… 아니…

아르토, 말을 잇지 못한다. 의사 힘겹게 아르토 쪽으로 기어간다.

의사　아르토씨. 당신의 글에서 주어를 선택하는 것이 혼란스럽다면 '아무개' … '아무개' 로 하죠.

아르토　…

의사　그 편이 편하다면요.

아르토　아무개의 발 밑은 좁았고 머리 위는 찬연했다.
두 발 붙인 땅은 좁아졌고.
별과 색이 가득한 머리에는 금이 가는구나.
아무개는 한 발로 선다.

살얼음판같이 불안하고 좁고 발 시려운 땅아.
찬란한 수만의 색으로 눈 시려운 하늘아.
아무개는 까치발로 선다.

부서지는 땅아.
황홀하게 부풀어오르는 하늘 보는 두 눈아,
아무개는 엄지발가락으로 선다.

깨어진 두개골아. 엄지 발톱아.
터진 두 눈알아!

의사   … 아무개는 설 곳이 없구나.

아르토, 주저앉은 채로 뒤를 돌아본다. 그리고 일어나 아르토, 붓질을 시
작한다. 코러스들은, 아르토가 움직이는 것에 따라 색을 온 무대에 채우
기 시작한다. 처음엔 커다란 붓으로 노란색 밑색을. 숨이 차오르지만 멈
추지 않는다. 노란색이 어느 정도 채워지면 멈추어 바라본다. 노란색 천
들이 엮인 가운데 있는 아르토의 뒷모습. 빨려들어 갈 듯하다.
그리고 곧 갈색, 주황색, 이후엔 파란색이 무대를 채운다.

아르토는 완성된 그림 앞에서 숨을 몰아 쉰다. 그림을 한참 바라본다.

의사   나는 무릎 꿇은 여자처럼 가만히 머물렀다.
나는 떠내려갔네. 내 옆을 덧없이 스쳐가는 익사자들
난 보았네. 별처럼 떠 있는 섬을
열광하는 하늘이 항해자에게 열려있는 섬을
이 끝도 없는 밤에 그대 잠들어 달아나는 건가?
오, 물결이여 난 그대 무기력함에 잠겨 그 흔적 없애지 못하네

그래, 난 너무 많은 눈물을 흘렸다.
새벽은 비통해 가슴을 에는 듯하다.
달은 잔혹하고 태양은 가혹하기만 하다.
쓰디쓴 사랑은 마비된 취기로 날 가득 채우네.
나의 선체는 조각나버려라
나는 바다로 가련다.
… 나는 바다로 가련다. (랭보- 취한 배)

아르토 권총을 배에 겨눈다.

암전. 총소리.

8장. 기차에 올라타듯 별에 올라타면 된다고

3월 4일. 아르토의 병실.
2장의 시작과 같은 곳에 이젠 빈 테이블이 남아있다.

의사   (객석을 향해) 3월 4일, 아르토는 요양소의 침대에서 죽은 채로 발견되었습니다. 올해 그는 직장암 말기 판정을 받기는 했습니다. 그리고 저도 이 병원을 떠나기로 했습니다.

의사, 아르토의 병실을 정리하다가, 그가 작업했던 종이더미를 발견한다.
그 중 한 장을 읽는다.

의사   그러나 반 고흐는 정말 이 무한과 만나고 싶었다. 그는 말했다, 기차에 몸을 싣듯 별을 타면 된다고. 그는 결심했다.

여러 스크린에 밤 하늘의 별들이 뜬다.
아르토, 뒷모습을 보이며 무대에 나타난다. 의사, 고개를 들어 허공을 바라본다.

기차의 기적소리가 울리고. 귀는 멍멍해진다.
큰 스크린에서 정면으로 칠흑같이 시커먼 증기기관차 한 대가 빠르게 다가온다.
다른 스크린에선 밤하늘과 겹쳐지며 바람에 날리는 밀밭의 영상이 보인다.
큰 스크린의 기차가 화면 가득 검은색을 남기고 지나가고 나면 또 다른 스크린에서는 멈춰서는 기차의 모습이 나타난다.

의사   '라셸에게 맡긴 나의 왼쪽 귀인가. 그 왼쪽 귀에서 소리가 들리는 것인가' 어느새 고흐의 앞에는 기차의 선로가, 탄탄하고 검고 모든 것을 강력하게 뚫어버리는 선로가.

아르토, 무서운 것을 대하듯 숨을 크게 들이마시고 천천히 뒤로 걸어나간다.

의사   '그래, 기차에 올라타듯 별에 올라타면 된다고.'

조명, 전체적으로 천천히 어두워지며 의사 위의 탑 조명만 들어온다.

밀밭이 보이는 스크린 위로 측면을 보이며 달리는 기차가 통과한다.

나머지 스크린들에 고흐가 그린 빛무리 같은 별들이 나타난다.

큰 스크린에서는 그 위로 간단한 아이콘 같은 기차 그림자가 사선으로 올라간다.

그리고 일제히 연기가 되어 사라지는 별들.

의사, 별이 사라져 이젠 아무것도 남지 않은 곳을 응시하다가 다시 종이를 잠시 본다.

의사   (객석을 향해) 3월 4일을 기점으로 세션은 종료 되었습니다. 그리고 이것이 제 마지막 상담 기록입니다. (사이) 고흐는 미쳐서 자살한 게 아닙니다. 고흐는 사회가 자살시켰습니다.

암전.

끝.

작가의 글

― 신민경

그 누구의 삶도 쉽고 달콤하진 않을 겁니다. 아무리 치열한 삶을 살아가더라도, 누구든 결국엔 죽음을 맞습니다. 우리는 무엇을 지키기 위해 애쓰며 살아갈까요? 우리가 무엇을 꿈꾸며 매일을 달려가는지 생각해보고 싶습니다. 이 세상에 짓밟히기 위해 그토록 치열하게 사는 것은 아니니까요. 선체가 조각날지라도 바다로 가는, 무한을 만나기 위해 별에 올라타는, 두 눈알이 터지도록 하늘을 보는 '아르토' 처럼, 벼랑 끝에서도 자신의 이상을 잃지 말았으면 합니다.

― 홍단비

부족한 연출 지망생에게 별이 된 두 천재를 되살려내는 일은 퍽 무거웠습니다. 실재했던 인물이나 평전이 되지 않고, 허구적 사실을 가미하지만 터무니없지 않고, 이해하지 못하는 지점을 그럴듯하게 알은 체하지 않으려 애썼습니다. 그러니 둘의 고민에 공감하는 지점들도 생기대요. 우연히 눈에 들어오는 색이 주는 쾌감, 예술 앞에서 인간이란 존재의 가련함, 너무 사랑하는 것을 파괴하고 싶은 맘들이 그것입니다. 보시는 분들도 맘에 담고 싶은 것만 담아가시길 바랍니다.

2017 한양대학교 연극영화학과
캡스톤 창작희곡선정집 2

초판 1쇄 인쇄일 2018년 1월 27일
초판 1쇄 발행일 2018년 2월 2일

지 은 이 정소원 · 신민경 · 장진수 · 홍단비
만 든 이 이정옥
만 든 곳 평민사
　　　　　서울시 은평구 수색로 340, 202호
　　　　　전화: (02) 375-8571(代)
　　　　　팩스: (02) 375-8573
　　　　　http://blog.naver.com/pyung1976
　　　　　이메일 pyung1976@naver.com

등록번호   제251-2015-000102호

 ISBN   978-89-7115-648-3   03600 (2권)
　　　　978-89-7115-649-0   03600 (set)

 정 가   16,000원